給初學者的第一堂韓語課

石田美智代／著

本書以初學者最容易上手的學習方式為概念，收錄了清楚易懂的入門知識和各種場合會用到的韓語日常對話、單字。在第一章中學習基本文字的構造、發音和文法。第二章是打招呼和疑問詞的用法。第三~五章是各種場合的表達。第六章是感情和意思的表達。第七章是基礎文法總整理。

※ 書中附韓語發音表 (P190) 和鍵盤對照表 (P189)，讀者可以多加利用。

第一章 韓語的基礎知識

學習韓語的文字構造、發音、基本文法、以及動詞和形容詞等的詞尾變化。

各種場合的基本表達
一定要會的基本句型。

CD 標號

記起來後，使用上會很方便的各種表達
根據對象不同來區分句子。

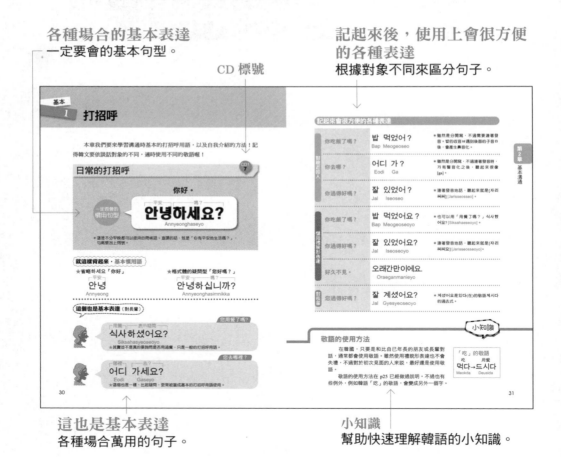

這也是基本表達
各種場合萬用的句子。

小知識
幫助快速理解韓語的小知識。

第二章 基本溝通

學習打招呼、自我介紹和各種疑問的疑問詞表達，同時整理了相關的單字。

第三章 日常生活會話

學習在家中、學校、辦公室等各種場合上會用到的表達。

第四章 旅行會話 ①

透過搭乘交通工具、預約及抵達住宿地、餐廳等各種場合的對話來學習旅行時需要的表達。

第五章 旅行會話 ②

透過購物、在觀光區等場合的對話來學習旅行時必備的基本表達，並且也一併整理了失竊、事故、健康等相關的突發事件表達。

第六章 心情／想法表達

學習準確把自已的心情和想法傳達給對方，並介紹書信和 EMAIL 上會使用的用語，以及在電腦鍵盤輸入韓語的方法。

第七章 基礎文法總整理

第一章中的文法解說是零基礎也能上手的基礎內容，在第七章中詳細整理了初級的基本文法和介紹各種活用方式。

有關附贈的 MP3

MP3

本書提供 MP3 錄音檔，收錄基本發音及會話、單字內容。會話和單字部分是以中文→韓語的順序來錄音。MP3 內有 CD1 和 CD2 資料夾，CD1 為 1-3 章內容，CD2 為 4-6 章內容。P146、P150、P151 為韓國專有名詞、地名介紹，只收錄韓文錄音。

※ 本書中的韓語雖然也用羅馬拼音標註，不過有些實際發音略為不同。另外，有些時候即使是分開寫，卻需要連著朗讀（連音），或者有一些變音，因此發音標註僅提供參考，正確的發音請以 MP3 內容為標準。

目 錄

第 1 章　韓語的基本知識

第 2 章　基本溝通

第 **3** 章 **日常生活會話**

第 4 章　　旅行會話 ①

第 5 章　旅行會話 ②

第 6 章　心情／想法表達

第 7 章　基礎文法總整理

第1章

韓語的
基本知識

在這章中將確實了解韓語的基本知識。首先學習韓語
文字的結構和發音,還有基本的韓語文法和動詞、形
容詞等的詞尾變化。

韓語的文字和發音

韓語的由來

　　韓語是 15 世紀的時候，朝鮮王朝時代的世宗大王招集學者們創造出的文字。當時韓國還是使用漢字，世宗大王考慮到一般平民有使用簡單文字的必要，進而創造出這種科學化的文字。

　　韓語是由子音和母音組成的文字，我們先來看看母音，母音由下面三個要素構成。

> ・　表示「天」
> ─　表示「地」
> │　表示「人」

　　「・」現在則變成是比「─」和「│」這兩個長棒還短的短棒來表示。

　　接著，來看看子音。子音如下，用發音的器官來表示，就是舌頭、唇還有喉嚨。

> ㄱ　用舌頭堵住喉嚨的（「k」的音）
> ㄴ　用舌尖靠近上面的牙齒（「n」的音）
> ㅁ　嘴唇緊閉的形狀（「m」的音）
> ㅅ　嘴唇的形狀（「s」的音）
> ㅇ　喉嚨的側面形狀（「ng」的音）

　　雖然韓語文字看不到最初的圖案，但是像這樣知道它的「構造」的話，學習起來就會變簡單多了吧。

韓語文字的結構

　　讓我們來看看子音和母音怎樣組成韓語文字。如下圖，有上下左右的組合。

■소리（意思是「聲音」）

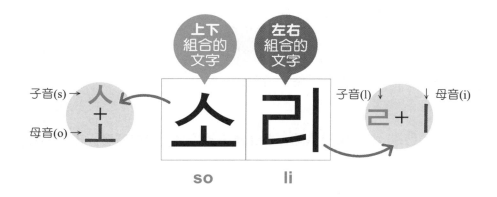

　　也有「子音＋母音」的下面，再多加一個子音的文字。這時候，第一個子音稱為「初聲」，中間的母音稱為「中聲」，最後的子音稱為「終聲」。

■만（意思是「萬」）

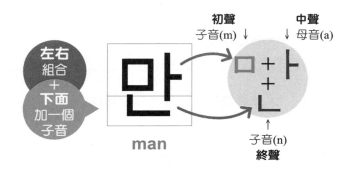

　　像這樣，把子音和母音轉換成發音之後，就可以讀出韓語了。

母音

韓語總共有 21 個母音。首先先學習 8 個基本的母音，其餘的 13 的母音是由基本母音組合而成。

基本母音

讓我們來看看基本母音的發音。加上沒有發音的「ㅇ」（請參考 p14）的話，就是只有母音的文字。

ㅏ → 아	a	大致跟注音符號的「ㄚ」同音
ㅓ → 어	ō	嘴巴張開，用注音符號「ㄚ」的口型發「ㄛ」的音
ㅗ → 오	o	嘴巴縮成圓形發注音符號「ㄛ」的音
ㅜ → 우	u	嘴巴縮成圓形發注音符號「ㄨ」的音
ㅡ → 으	ū	用「一」的口型發注音符號「ㄨ」的音 ＊這個發音較難，請參考 MP3 的發音
ㅣ → 이	l	大致跟中文的「一」相同
ㅔ → 에	e	大致跟注音符號的「ㄟ」相同
ㅐ → 애	e	下巴稍往下張開發注音符號「ㄟ」的音

＊ ㅓ和ㅗ，ㅜ和一的發音是不一樣的，請聽 MP3 錄音辨認。

半母音

讓我們看看可以由基本母音組成的半母音。在基本母音上加上一個短的橫槓，就是「ya」組的半母音。

基本母音			半母音			
ㅏ	a	→	ㅑ	야	ya	「一ㄚ」的音
ㅓ	ō	→	ㅕ	여	yō	嘴巴張開的「一ㄛ」
ㅗ	o	→	ㅛ	요	yo	嘴巴縮成圓型的「一ㄛ」
ㅜ	u	→	ㅠ	유	yu	嘴巴縮成圓型的「ㄩ」
ㅔ	e	→	ㅖ	예	ye	「一ㄝ」的音
ㅐ	e	→	ㅒ	얘	ye	「一ㄝ」的音

「w」在韓語中屬於半母音。跟母音ㅗ(o)、ㅜ(u) 和ㅣ、ㅏ、ㅓ等組合後，就成為「wa」組的半母音。

母音的組合		半母音		
ㅗ + ㅣ	→	ㅚ	외	we
ㅗ + ㅏ	→	ㅘ	와	wa
ㅗ + ㅏ + ㅣ	→	ㅙ	왜	we
ㅜ + ㅣ	→	ㅟ	위	wi
ㅜ + ㅓ	→	ㅝ	워	wo
ㅜ + ㅓ + ㅣ	→	ㅞ	웨	we

除了這些之外，母音ㅡ和ㅣ的組合稱為複合母音，它不屬於上述兩類母音，是「ū」和「i」組合而成的發音。

母音的組合		複合母音		
ㅡ + ㅣ	→	ㅢ	의	ūi（用「一」的口型一口氣發「ㄨ一」的音）

子音

韓語共有 19 個子音，不過只要先學會 9 個基本的子音（平音），其他 10 個子音就可以在使用中學會。

基本子音（平音）

讓我們看看平音和母音「ㅏ」組合後的發音。

ㄱ → 가　ka/ga　**在詞頭發「ㄎㄚ」音，在詞中則發「ㄍㄚ」濁音**

ㄴ → 나　na　**發音似「ㄋㄚ」**

ㄷ → 다　ta/da　**在詞頭發「ㄊㄚ」音，在詞中則發「ㄉㄚ」濁音**
*「ㄷ」跟母音ㅜ、ㅡ、ㅣ組合的話，詞頭時ㄷㅜ發 tu，ㄷㅡ發 tū，ㄷㅣ發 ti 的音。（在詞中的話，有各種不同的濁音。）

ㄹ → 라　la　**發音似「ㄌㄚ」**　*「ㄹ」初聲是「r」，終聲（即收音）是「l」。

ㅁ → 마　ma　**發音是「ㄇㄚ」**

ㅂ → 바　pa/b　**在詞頭發「ㄆㄚ」音，在詞中發「ㄅㄚ」濁音**

ㅅ → 사　sa　**發音似「ㄙㄚ」**　*在韓語中沒有 z 的音，另外「ㅅ」無論在詞頭還是詞中都是發輕音。

ㅇ → 아　a　**發音是「ㄚ」**　*「ㅇ」雖然位於初聲時，是屬於沒有發音的子音，不過在收尾音時要發 ng 的音。

ㅈ → 자　cha/ja　**在詞頭發「ㄐㄚ」音，在詞中發「ㄗㄚ」濁音**

激音和濃音

比起聲音，氣息更強烈的發音就是激音。激音有五個，根據和平音相似的音來學習會比較容易。激音跟母音「ㅏ」組合後，就變成以下發音。

ㅋ → 카	k^ha	**強烈吐氣發「丂ㄚ」音**（跟平音「ㄱ」同類）
ㅌ → 타	t^ha	**強烈吐氣發「ㄊㄚ」音**（跟平音「ㄷ」同類）
ㅍ → 파	p^ha	**強烈吐氣發「ㄆㄚ」音**（跟平音「ㅂ」同類）
ㅊ → 차	ch^ha	**強烈吐氣發「ㄐㄚ」音**（跟平音「ㅈ」同類）
ㅎ → 하	ha	**大致跟中文的「ㄏㄚ」同音** ＊本書雖然把「ㅎ」分類到激音內，不過有時候會把它分類到平音。

喉嚨感覺被壓住，吐氣發出的音稱為濃音。濃音共有五個，一樣可以根據平音的分類來學習。

ㄲ → 까	kka	**吐氣發出像「ㄍㄚ」的音**（跟平音「ㄱ」同類）
ㄸ → 따	tta	**吐氣發出像「ㄉㄚ」的音**（跟平音「ㄷ」同類）
ㅃ → 빠	ppa	**吐氣發出像「ㄅㄚ」的音**（跟平音「ㅂ」同類）
ㅆ → 싸	ssa	**吐氣發出像「ㄙㄚ」的音**（跟平音「ㅅ」同類）
ㅉ → 짜	ccha	**吐氣發出像「ㄐㄚ」的音**（跟平音「ㅈ」同類）

＊激音和濃音在詞頭和詞中的發音都是一樣的。

收音

在 p11 的「韓語文字的構造」中也有提到過，韓語文字有所謂「子音＋母音＋子音」的組合文字，這裡的第二個子音就是收音（終聲）。

收音的位置上會出現各種各樣的子音，實際上主要是「ㄱ、ㄷ、ㅂ、ㅇ、ㄴ、ㅁ、ㄹ」這 7 類發音。

收音的種類

發音	ㄱ (k)	ㄷ (t)	ㅂ (p)	ㅇ (ng)	ㄴ (n)	ㅁ (m)	ㄹ (l)
收音	ㄱ、 ㅋ、 ㄲ	ㄷ、ㅌ ㅅ、ㅆ ㅈ、ㅊ ㅎ	ㅂ、ㅍ	ㅇ	ㄴ	ㅁ	ㄹ

- 除此之外，還有像ㅄ、ㄼ、ㅀ出現兩個子音的收音。這種情況，基本上是用左側的收音來發音，當然也有些特例。
- 如果接下去出現的是母音的話，收音就不會發音。（請參考 p19 弱音化）
- 收音屬於同一類音的時候，即使書寫上不同，發音也有可能是一樣的。例如，박（＝朴）和 밖（＝外面），雖然意思不一樣，但是發音都是 [pak]。

讓我們看看가加上收音後，每一個字的發音。

ㄱ、ㄷ、ㅂ這三個收音，相當於急促的「ㄅ」音

각、갇、갑在我們聽來，感覺很像是「가」＋氣音。然而，發音上卻有很微妙的差異。

ㄱ → 각　kak　**用舌頭堵住氣**
（好像「각」中不發「ㄱ」的音）

ㄷ → 갇　kat　**舌頭碰到上牙床後，堵住氣**
（好像「갇」中不發「ㄷ」的音）

ㅂ → 갑　kap　**嘴巴緊閉堵住氣**
（好像「갑」中不發「ㅂ」的音）

接著是ㅇ、ㄴ、ㅁ這三個收音。

ㅇ → 강　kang　舌頭邊深入喉嚨邊吸氣。

ㄴ → 간　kan　舌尖碰到上牙床後,吸氣。

ㅁ → 감　kam　嘴巴緊閉吸氣

最後,是ㄹ作為收音的時候。

ㄹ → 갈　kal　舌尖碰出上顎的同時,邊發音。

　　韓文的收尾音部份相當特別,雖然字型很相像,但有收音和沒有收音的的發音可以說大不相同,因此必須多加注意收音的發音,如果發音不完整,可能聽起來就是完全不一樣的單字了,以下就舉幾個簡單的例子做說明。

서울 (＝首爾) so-u-r ← 若收音發音不完全可能發生的狀況
so-ul

갈비 (＝排骨) ka-r-bi ← 若收音發音不完全可能發生的狀況
kal-bi

김치 (＝泡菜) ki-m-chi ← 若收音發音不完全可能發生的狀況
kim-chi

감사 (＝感謝) ka-m-sa ← 若收音發音不完全可能發生的狀況
kam-sa

發音的變化

韓語是以稱為收音的子音（終聲）來結尾的，而收音會因為後面所出現的音而產生變化。

濁音化

ㄱ、ㄷ、ㅂ、ㅈ在詞頭時不會發濁音，不過出現在詞中時就會發濁音，這就叫做濁音化。出現在以母音為結尾的字的後面和收音ㄴ、ㅁ、ㅇ、ㄹ的後面時，就會發成濁音。

母音↓
가구（＝家具）
Ka-gu ← 出現在母音
後面，發濁音

母音→ 안경（＝眼鏡）
an-gyōng ← 出現在收音ㄴ
後面，發濁音

濃音化

在詞中會濁音化的ㄱ、ㄷ、ㅂ、ㅈ，出現在縮音的後面時，則不會發濁音，而是發濃音(請參考 p15)，這就叫做濃音化。縮音指的是發音是ㄱ(k)、ㄷ(t)、ㅂ(p)的收音。

학교（＝學校）
↑ 縮音的收音 hak-gyo

→ 實際的發音
[학꾜]
hak-kkyo ← ㄱ不發濁音，
而是發濃音ㄲ

連音化

收音的後面出現母音時，收音和母音要連起來發音，這就叫連音化。

母音↓
한국어（＝韓語）
收音↑
han-guk-ō

→ 實際的發音
[한구거]
han-guk-gō ← 收音ㄱ和母音ㅓ相
連，出現連音化，也
就是有聲音化

弱音化／尾音脫落

有聲音的收音（ㄴ、ㅁ、ㅇ、ㄹ）的後面是出現ㅎ的時候，ㅎ(h)的發音就是會消失，這就叫做弱音化，也屬於連音化的一種。

↓ㅎ音
有聲音的收音→ 은행（＝銀行）
ūn-heng

→ 實際的發音 [으냉]　ㅎ音消失，收音ㄴ和母音ㅐ連音化
ū-neng

還有，收音ㅎ的後面出現母音的時候，也會產生尾音脫落。

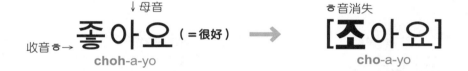

↓母音
收音ㅎ→ 좋아요（＝很好）
choh-a-yo

→ ㅎ音消失 [조아요]
cho-a-yo

激音化

縮音的收音(ㄱ、ㄷ、ㅂ)後面接的是ㅎ的時候，縮音就會變成激音，ㄱ→ㅋ、ㄷ→ㅌ、ㅂ→ㅍ，這就叫做激音化。

↓子音ㅎ
收音ㅂ→ 급행（＝急行）
kūp-heng

→ 實際的發音 [그팽]　ㅂ＋ㅎ，就變成ㅍ
Kū-pʰeng

↓子音ㅎ
ㄷ音→的收音 못하다（＝不能）
mot-ha-da

→ ㅅ（ㄷ音，請參考p16）＋ㅎ，就變成ㅌ [모타다]
mo-tʰa-da

鼻音化

　　縮音的收音（ㄱ、ㄷ、ㅂ）後面出現鼻音（ㄴ、ㅁ）的話，發音就會變成ㄱ→ㅇ、ㄷ→ㄴ、ㅂ→ㅁ，這樣的變化就叫做鼻音化。我們來看看사(sa)加各種收音的變化。

	氣停止或吐出的位置		
	喉嚨	牙齒	嘴唇
停氣的音	삭(sak)	삳(sat)	삽(sap)
從鼻子抽氣的音	상(sang)	산(san)	삼(sam)

收音ㄱ→　↓鼻音ㄴ
작년（=去年）　→　實際的發音 [장년]　ㄱ變成ㅇ
chak-nyon　　　　　chang-nyon

ㄷ音的收音→　↓鼻音ㅁ
잇몸（=牙齦）　→　[인몸]　ㅅ變成ㄴ
it-mom　　　　　in-mom

流音化／子音同化

　　收音ㄴ後面是ㄹ的時候，發音就變成ㄴ→ㄹ。而收音ㄹ後面是ㄴ的時候，發音就變成ㄹ＋ㄹ，這就叫做流音化，又稱子音同化。

收音ㄴ→　↓子音ㄹ
편리（=方便）　→　實際的發音 [펼리]　ㄴ變成ㄹ
phyon-li　　　　　phyol-li

收音ㄹ→　↓子音ㄴ
설날（=過年）　→　[설랄]　ㄴ變成ㄹ
sol-nal　　　　　sol-lal

2　韓語的文法

文法概要

韓語的語順和中文不同，名詞後方要加助詞，而動詞在後方。

韓語的句子結構

請參考下文例句「我在圖書館使用電腦」的句子結構和順序。

圖書館	在	電腦	助詞	使用

도서관에서 컴퓨터를 사용합니다.

Doseogwaneseo　　　Keompyuteoreul　　　Sayonghamnida

● 韓語的標點符號不同於中文，逗號是「，」→「,」，句號是「。」→「.」。還有，字節之間必須要有間隔，這叫做「分寫法」。

主要助詞

CD1
6

韓語的助詞要根據所接名詞是否有收音來使用，也有些助詞的使用不受收音有無的影響。

沒有收音的名詞＋	有收音的名詞＋
가 (ka)	이 (i)
는 (nūn)	은 (ūn)
를 (lūl)	을 (ūl)

不受收音影響
에 (e)
에서 (e-sō)

根據收音的有無來使用的助詞

沒有收音的名詞

（學校）
학교
hak-kkyo

＋

가
ka

→

學校
학교가
hak-kkyo-**ga** ←有聲音化

＊가(ka) 位於名詞後面的時候，會產生有聲音化，發濁音。

有收音的名詞

（公園）
공원
hong-won

＋

이
i

→

公園
공원이
hong-wo**n-i** ←連音化

（首爾）
서울
sō-ul

＋

은
ūn

→

首爾
서울은
so-ul-**ūn** ←連音化

（錢包）
지갑
chi-gap

＋

을
ūl

→

錢包
지갑을
chi-ga**b-ūl** ←連音化＋有聲音化

＊有收音的名詞後面接以ㅇ開頭的助詞時，就會產生連音化。

不受收音影響的助詞

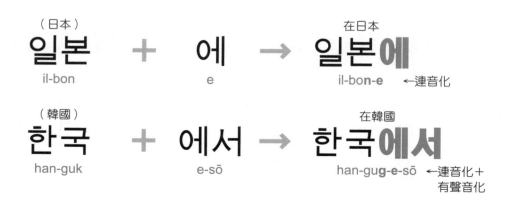

（日本）
일본
il-bon

＋

에
e

→

在日本
일본에
il-bo**n-e** ←連音化

（韓國）
한국
han-guk

＋

에서
e-sō

→

在韓國
한국에서
han-gu**g-e**-sō ←連音化＋有聲音化

韓語的詞性

韓語的詞性分成動詞、形容詞、存在詞和指定詞四種。

● 動詞（表示動作）

가다 去
Gada

먹다 吃
Meokda

보내다 送
Bonaeda

● 形容詞（表示性質和狀態）

크다 大
Keuda

많다 多
Manta

예쁘다 美麗
Yeppeuda

● 存在詞（表示存在的「有」和「沒有」）

있다 有
Itda

없다 沒有
Eopda

● 指定詞（位於名詞的後面，特指某種事物）

이다 是
Ida

　　這裡舉例的用詞都是使用字典上的基本型（原型）。原型不會有特例，全都是以「다」結尾。這裡的「다」所接的部分稱為語幹，所有的用詞都是從語尾開始活用。

基本活用

　　語尾的格式體、過去式、敬語等變化稱為「活用」。現在來比較動詞「吃」的韓語活用。

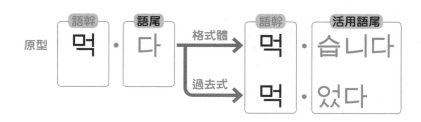

　　就像這樣，韓語中不變的是語幹，語幹먹保持不變，再加上活用語尾。

韓語的 標準型	韓語的標準型有以요（yo）結尾，也有以다（da）結尾。在本書中把它們分別稱為요型和다型，다型又稱為格式體，兩者稍有不同。詳細的內容請參考 p28「標準型的使用方式」。

　　韓語會根據語幹的母音是什麼，收音的有無等來選擇活用的語尾，其活用的種類分成以下三種。

活用 1　根據語幹的母音是陽母音還是陰母音來變化語尾

過去式的使用方法

- 語幹的母音是陽母音（ㅏ、ㅗ）的時候

語幹後面加上活用語尾았다。

去　　　語幹　　　　活用語尾　　　去了

가다 … 가 ＋ 았다 → 갔다

Gada　　　　　Atda　　　　Gatda

- 語幹的母音是陰母音（ㅏ、ㅗ以外）的時候

語幹後面加上活用詞尾었다。

穿　　　語幹　　　　活用語尾　　　穿了

입다 … 입 ＋ 었다 → 입었다

Ipda　　　　　Eotda　　　　Ibeotda

活用 ② 根據語幹收音的有無來變化語尾

沒收音的語幹 → 가 다　有收音的語幹 → 입 다

↑　　　　　　　↑

沒有收音　　　　有收音

敬語的使用方法

- 語幹沒有收音的時候

語幹後面加上活用語尾시다。

去　　　語幹　　　活用語尾　　　去

가다 … 가 ＋ 시다 → 가시다

Gada　　　　　Sida　　　　Gasida

- 語幹有收音的時候

語幹後面加上活用語尾으시다。

穿　　　語幹　　　　活用語尾　　　穿

입다 … 입 ＋ 으시다 → 입으시다

Ipda　　　　　Eusida　　　　Ibeusida

直接在語幹後方加上活用語尾。

轉承（但是～）的使用方法

● 全部的語幹

語幹後面加上活用語尾지만。

去 ⟨語幹⟩ ⟨活用語尾⟩ 去，但是
가다 … 가 + 지만 → 가지만
Gada　　　　　　　 Jiman　　　 Gajiman

希望「想～」的使用方法

● 全部的語幹

語幹後面加上活用語尾고 싶다。

穿 ⟨語幹⟩ ⟨活用語尾⟩ 想穿
입다 … 입 + 고 싶다 → 입고 싶다
Ipda　　　　　　　 Go　Sipda　　 Ipgo　Sipda

⟨疑問型和否定型⟩ 疑問型的使用方法根據不同形式的句子有所不同。使用요型時，只要在語尾加上「?」就可以了。使用다型時，語尾要由「다」變成「까」。

吃了 吃嗎？
⟨요型⟩먹어요 + ? → 먹어요？↗
Meogeoyo　　　　　 Meogeoyo　　　 詞尾聲調往上揚

看 看嗎？
⟨다型⟩봅니다 + 까? → 봅니까？↗
Bomnida　　 Kka　　 Bomnikka

否定型的使用方法有在語幹前面加「안」，或者在語幹後面加「지 않다」兩種方法。不論是使用哪種方式，都跟母音和收音無關。在口語中，比較常使用안。

好 不好
좋다 …… 안 + 좋다 → 안 좋다
Jota　　　 An　　　　　　　 An　Jota

不好
…… 좋 + 지 않다 → 좋지 않다
Jo　 Ji　Anta　　 Jochi　Anta

不規則音變

一般詞類的變化是有規則的，不過有幾個動詞和形容詞不屬於這些規則。

ㄹ不規則

語幹收音是「ㄹ」的時候，「ㄹ」就會脫落。
＊根據收音的有無活用的時候

（다型）
玩
놀다 … 노 ⟨變化語幹⟩ + ㅂ니다 → 놉니다
Nolda
玩
Nomnida

ㅡ不規則

語幹的母音是「ㅡ」的時候，「ㅡ」就會脫落。
＊根據母音活用的時候

（요型）
忙碌
바쁘다 … 바빠 ⟨特例語幹⟩ + 아요 → 바빠요
Bappeuda
忙碌
Bappayo

ㅂ不規則

語幹收音是「ㅂ」時，去掉語幹的收音「ㅂ」，加上「우」。
＊以母音開頭的活用語尾

（요型）
輕
가볍다 가벼우 ⟨變化語幹⟩ + 어요 → 가벼워요
Gabyeopda
輕
Gabyeowoyo

其他不規則

ㄷ不規則　語幹的收音ㄷ換成ㄹ。 ＊以母音開頭的活用語尾

ㅅ不規則　語幹的收音是ㅅ的時候，ㅅ會脫落。 ＊以母音開頭的活用語尾

르不規則　語幹「르」後面接「아／어」的話，就變成「ㄹ라／ㄹ러」。

ㅎ不規則　語幹「ㅎ」後面接「아／어」的話，就變成「ㅐ」，

　　　　　語幹「ㅎ」後面接「으」的話，兩個都會脫落。

標準型的使用方式

韓語有兩種標準型，分別是요型和다型，這兩者都是有禮貌的表達方式，但使用時機有所不同。

요型：給予溫和印象的表達（口語中經常使用）
다型：給予正式印象的表達（經常使用於演講和書寫）

讓我們來看看這兩種標準型的使用方法。

요型標準型的使用方法

● 語幹的母音是陽母音（ㅏ、ㅗ）的時候

語幹上加上活用語尾아요。

去　　　　　　語幹　　活用語尾　　去
가다 ⋯ **가** + **아요** → **가요**
Gada　　　　　　　　Ayo　　　Gayo

※語幹和活用語尾連讀時，가＋아就變成가。

● 語幹的母音是陰母音(ㅏ、ㅗ以外)的時候

語幹上加上活用語尾어요。

穿　　　　　　語幹　　活用語尾　　穿
입다 ⋯ **입** + **어요** → **입어요**
Ipda　　　　　　　　Eoyo　　　Ibeoyo

다型標準型的使用方法

● 語幹沒有收音的時候

語幹上加上活用語尾ㅂ니다。

去　　　　　　語幹　　活用語尾　　去
가다 ⋯ **가** + **ㅂ니다** → **갑니다**
Gada　　　　　　　　Bnida　　　Gamnida

● 語幹有收音的時候

語幹上加上活用語尾습니다。

穿　　　　　　語幹　　活用語尾　　穿
입다 ⋯ **입** + **습니다** → **입습니다**
Ipda　　　　　　　　Seumnida　　Ipseumnida

第2章

基本溝通

打招呼和自我介紹是溝通的第一步。在這章整理了基本慣用語和各種表達，並透過簡單的疑問句來進行對話。提出疑問的疑問詞和相關的單字也請一起記起來。

打招呼

本章我們要來學習溝通時基本的打招呼用語，以及自我介紹的方法！記得韓文要依談話對象的不同，適時使用不同的敬語喔！

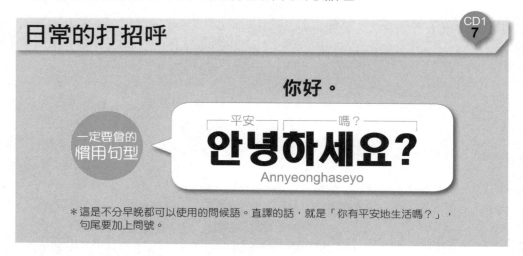

日常的打招呼

CD1 7

你好。

┌平安┐ ┌嗎？┐
안녕하세요?
Annyeonghaseyo

一定要會的 慣用句型

＊這是不分早晚都可以使用的問候語。直譯的話，就是「你有平安地生活嗎？」，句尾要加上問號。

就這樣背起來・基本慣用語

★省略하세요「你好」

┌平安┐
안녕
Annyeong

★格式體的疑問型「您好嗎？」

┌平安┐ ┌嗎？─┐
안녕하십니까?
Annyeonghasimnikka

這個也是基本表達（對長輩）

您用餐了嗎？

┌用餐┐┌─表示疑問─┐
식사하셨어요?
Siksahasyeoseoyo

★其實並不是真的要詢問是否用過餐，只是一般的打招呼用語。

您去哪裡？

┌哪裡┐ ┌─去？─┐
어디 가세요?
Eodi　　Gaseyo

★這個也是一樣，比起疑問，更常被當成基本的打招呼用語使用。

記起來會很方便的各種表達

對親近的人	你吃飯了嗎？	밥 먹었어？ Bap Meogeoseo	*雖然是分開寫，不過需要連著發音。밥的收音ㅂ遇到後面的子音ㅁ後，會產生鼻音化。
	你去哪？	어디 가？ Eodi Ga	*雖然是分開寫，不過連著發音時，가有聲音化之後，聽起來很像[ga]。
	你過得好嗎？	잘 있었어？ Jal Iseoseo	*連著發音地話，聽起來就是[자리써써] [Jarisseosseo]。
慣用禮貌形表達	你吃飯了嗎？	밥 먹었어요？ Bap Meogeoseoyo	*也可以用「用餐了嗎？」식사했어요? [Siksahaeseoyo]。
	你過得好嗎？	잘 있었어요? Jal Iseoseoyo	*連著發音地話，聽起來就是[자리써써요] [Jarisseosseoyo]。
	好久不見。	오래간만이에요. Oraeganmanieyo	
對長輩	您過得好嗎？	잘 계셨어요? Jal Gyesyeoseoyo	*계셨어요是있다(在)的敬語계시다的過去式。

小知識

敬語的使用方法

　　在韓國，只要是和比自已年長的朋友或長輩對話，通常都會使用敬語。雖然使用禮貌形表達也不會失禮，不過對於初次見面的人來說，最好還是使用敬語。

　　敬語的使用方法在 p25 已經做過說明。不過也有些例外，例如韓語「吃」的敬語，會變成另外一個字。

「吃」的敬語

吃	用餐
먹다→드시다	
Meokda	Deusida

初次見面的打招呼用語

初次見面。

一定要會的
**基本慣
用語**

┌第一次┐ ┌──見面──┐
처음 뵙겠습니다.
Cheoeum　　Boepgetseumnida

＊初次見面，還不太清楚對方的年齡比自己小或大時，盡可能使用正式的格式體來
交談比較好。

・・・

(**這個也是基本表達**)

很開心見到您。

┌─見面─┐ ┌開心┐┌表示肯定┐
만나서 반갑습니다.
Mannaseo　　Bangapseumnida
★除了初次見面之外，也可以用於很久沒見面的場合。

您來了。

┌好┐ ┌───來───┐
잘 오셨습니다.
Jal　Osyeotseumnida

拜託您了。

┌好┐ ┌拜託┐┌──做──┐
잘 부탁합니다.
Jal　Butakhamnida
★부탁的漢字是「付託」。

★부탁的收音ㄱ後面遇
到ㅎ音時候，會產生
音變，要發音成 [부
타캄니다]。

(**「拜託您了」的變化使用**)

★更加尊敬的表達

請您多多指教。

┌好┐ ┌拜託┐┌──請──┐
잘 부탁드립니다.
Jal　　Butakdeurimnida

對親近的人	很高興見到你。	만나서 반갑네. Mannaseo Bangamne	＊반갑네的收音ㅂ後面的音是ㄴ的時候，會產生鼻音，發音變成 [반감네]。
	你來了！	잘 왔어！ Jal Waseo	＊直譯的話，就是「來得好」。
慣用禮貌形表達	很開心見到你。	만나서 반가워요. Mannaseo Bangawoyo	＊반갑다（開心）的收音是ㅂ，不規則變化成반가워요。
	久等了。	많이 기다렸습니다. Mani Gidaryeotseumnida	＊直譯的話，就是「等很久了」。
對長輩	感謝您的來訪。	방문해 주셔서 감사합니다. Bangmunhae Jusyeoseo Gamsahamnida	
	感謝您來迎接我。	마중나와 주셔서 감사합니다. Majungnawa Jusyeoseo Gamsahamnida	
	我才要好好拜託您。	저야말로 잘 부탁드립니다. Jeoyamallo Jal Butakdeurimnida	
	請快點進來。	어서 들어오세요. Eoseo Deureooseyo	
	讓我呈上名片吧？	명함을 주시겠습니까？ Myeonghameul Jusigetseumnikka	

我是野村。

一定要會的
基本慣
用語

┌我┐┌助詞┐　　┌──野村──┐┌──是──┐
저는　노무라입니다.
Jeoneun　　　　Nomuraimnida

* 「A는 B입니다」是最基本的句型。用〔名詞+입니다〕就可以說出很多自我介紹的句子。

稱呼的變化

★更加尊敬的表達　「我叫做野村。」

┌──野村──┐┌助詞┐　┌──叫做──┐
노무라라고　합니다.
Nomurarago　　　Hamnida

★這是比노무라입니다更正式的表達。

這個也是基本表達

我是日本人。

┌我┐┌助詞┐　┌──日本人──┐┌──是──┐
저 는　일본사람입니다
Jeoneun　　　Ilbonsaramimnida

我是上班族。

┌──上班族──┐┌──是──┐
회사원입니다.
Hoesawonimnida

★可以省略主詞「我」。

我的興趣是讀書。

┌興趣┐┌助詞┐　┌讀書┐┌──是──┐
취미 는　독서입니다.
Chwimineun　　Dokseoimnida

我來自我介紹。	**자기소개를 하겠습니다.** Jagisogaereul Hagetseumnida
我來自日本。	**일본에서 왔습니다.** Ilboneseo Watseumnida
我來韓國三個月了。	**한국에 온지 3개월이 되었습니다.** Hanguge Onji Sapgaewori Doeeotseumnida

---

替換 語句 使用下面表達來代替「三個月」

一週 **1주일이**
Iljuiri

兩個月 **2개월이**
Igaewori

半年 **반년이**
Bannyeoni

一年 **1년이**
Illyeoni

一年半 **1년반이**
Illyeonbani

三年 **3년이**
Samnyeoni

我住在江南。	**강남에 살고 있습니다.** Gangname Salgo Itseumnida ＊강남的漢字是「江南」。漢江是橫斷首爾的江，從漢江往南的廣大區域就是江南。
我在學習韓語。	**한국어를 공부하고 있습니다.** Hangugeoreul Gongbuhago Itseumnida ＊한국어的漢字是「韓國語」。
我韓語還說得不好。	**한국말은 아직 잘 못합니다.** Hangungmareun Ajik Jal Mothamnida ＊韓語就是한국말。못합니다產生激音化之後，發音變成 [모탐니다]。

35

可以同時背起來的單字表

職業	
銀行行員	은행원 Eunhaengwon
老師	교사 Gyosa
醫生	의사 Uisa
護士	간호사 Ganhosa
藥劑師	약사 Yaksa
保育員	보육사 Boyuksa
技師	기사 Gisa
工程師	엔지니어 Enjinieo
警官	경찰관 Gyeongchalgwan
消防人員	소방관 Sobanggwan
作家	작가 Jakga

記者	기자 Gija
主播	아나운서 Anaunseo
廚師	요리사 Yorisa
美髮師	미용사 Miyongsa
木匠	목수 Moksu
司機	운전 기사 Unjeon Gisa
律師	변호사 Byeonhosa
法官	재판관 Jaepangwan
會計師	회계사 Hoegyesa
歌手	가수 Gasu
電視演員	탤런트 Taelleonteu
演員	배우 Baeu

可以同時背起來的**單字表**

主婦	주부 Jubu	餐飲業	음식업 Eumsigeop
打工	아르바이트 Areubaiteu	金融	금융 Geumnyung
店員	점원 Jeomwon	不動產	부동산 Budongsan
銷售員	판매원 Panmaewon	流通	유통 Yutong
正職員工	정사원 Jeongsawon	IT	아이티 Aiti

產業種類

		外派	파견 Pagyeon
農業	농업 Nongeop	外包	하청 Hacheong
漁業	어업 Eoeop		

相關的動詞和形容詞

製造業	제조업 Jejoeop	工作	일하다 Ilhada
服務業	서비스업 Seobiseueop	休息	쉬다 Swida
		忙碌	바쁘다 Bappeuda
		空閒	한가하다 Hangahada

興趣		編織	뜨개질 Tteugaejil
讀書	독서 Dokseo	刺繡	자수 Jasu
電影	영화 Yeonghwa	料理	요리 Yori
音樂	음악 Eumak	照片	사진 Sajin
樂器表演	악기연주 Akgiyeonju	美術	미술 Misul
舞蹈	댄스 Daenseu	畫畫	그림 Geurim
購物	쇼핑 shopping	書法	서예 Seoye
旅行	여행 Yeohaeng	茶道	다도 Dado
開車兜風	드라이브 Deuraibeu	陶藝	도예 Doye
釣魚	낚시 Naksi	園藝	원예 Wonye
		遊戲	게임 Geim
		漫畫	만화 Manhwa

運動	
看運動比賽	스포츠 관전 Seupocheu Gwanjeon
高爾夫	골프 Golpeu
馬拉松	마라톤 Maraton
慢跑	조깅 Joging
自行車	사이클링 Saikeulling
游泳	수영 Suyeong
衝浪	서핑 Seoping
爬山	등산 Deungsan
棒球	야구 Yagu
足球	축구 Chukgu
桌球	탁구 Takgu

籃球	농구 Nonggu
排球	배구 Baegu
柔道	유도 Yudo
跆拳道	태권도 Taegwondo

相關的動詞和形容詞	
讀	읽다 Ikda
看	보다 Boda
聽	듣다 Deutda
跑	달리다 Dallida
喜歡	좋아하다 Joahada
擅長	잘하다 Jalhada
愉快	즐겁다 Jeulgeopda

分開時的打招呼用語

請慢走。（對要離開的人說）

平安地 請走
안녕히 가세요
Annyeonghi　Gaseyo

一定要會的
基本慣用語

* 안녕히的히
要發輕音。

在韓語中，離開的人跟留下來的人各自使用的不同的表達。

再見。（對於留下的人說）

平安地 在
안녕히 계세요
Annyeonghi　Gyeseyo

「**再見**」的簡單版

★對要離開的人說「請慢走。」

好 請走
잘 가세요.
Jal　Gaseyo

★對於留下的人說「再見。」

好 在
잘 계세요.
Jal　Gyeseyo

這個也是基本表達！

路上小心。

小心 請走
조심해서 가세요.
Josimhaeseo　Gaseyo

再見。

再 見面
또 만납시다.
Tto　Mannapsida

對親近的人

你好！

안녕！
Annyeong

＊這是見面和分開時都可以使用的表達。

慢走。

잘 가！
Jal Ga

明天見。

내일 보자！
Naeil Boja

下次見。

나중에 보자！
Najunge Boja

對長輩

我再跟您連絡。

다시 연락드리겠습니다.
Dasi Yeollakdeurigetseumnida
＊연락的漢字是「連絡」，發音是[열락]。

我到了會跟您連絡。

도착하면 연락드릴게요.
Dochakhamyeon Yeollakdeurilgeyo
＊比起연락드리겠습니다，此表達有比較輕鬆一點的感覺。

祝您週末愉快。

주말 잘 보내세요.
Jumal Jal Bonaeseyo

祝您有美好的一天。

좋은 하루 되십시요.
Joeun Haru Doesipsio

請代我向雙親問候。

부모님께 안부 전해 주세요.
Bumonimkke Anbu Jeonhae Juseyo

使用疑問詞

疑問詞可以表示各種疑問。使用「什麼」，「誰」，「何時」，「哪裡」，「怎樣／為何」來練習各種對話吧。

詢問物品

CD1
15

什麼

疑問詞

무엇（뭐）
Mueot（Mwo）

＊在口語中都會使用縮寫版。

相當於英語的 what，表示詢問物品的疑問詞。

簡短對話 使用「什麼」

這是什麼？

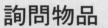

┌這┐ ┌**什麼**┐ ┌表示疑問┐
이거 **뭐**예요？
Igeo　　Mwoyeyo

★疑問詞「什麼」的縮寫版뭐＋예요？，就變成뭐예요？

韓國的傳統包袱。

┌韓國┐ ┌─包袱─┐ ┌表示肯定┐
한국 보자기입니다.
Hanguk　　Bojagiimnida

★一種傳統工藝，使用受歡迎的韓國包袱布摺成的拼布。

有什麼嗎？

┌**什麼**┐┌助詞┐ ┌─有嗎？─┐
뭐 가 있어요？
Mwoga　　Iseoyo

★縮寫版뭐（什麼）沒有收音，因此使用助詞가。

什麼都有。

┌**什麼**┐┌都┐ ┌─有─┐
뭐든지 있어요.
Hanguk　　Bojagiimnida

★든지表示全面的肯定（任何都～）。

記起來後，使用上會很方便的各種表達

你的職業是什麼？	**직업이 뭐예요？** Jigeobi Mwoyeyo *韓語中要使用助詞이/가。
有什麼在裡面嗎？	**뭐가 들어있어요？** Mwoga Deureoiseoyo
有什麼不一樣嗎？	**뭐가 달라요？** mwoga dallayo *다르다（不同）進行變化後，變成달라요。
用韓語要怎樣說？	**한국어로 뭐라고 해요？** Hangugeoro Mworago Haeyo *뭐+라고變成뭐라고（叫做什麼）。
你剛剛說了什麼？	**방금 뭐라고 하셨어요？** Banggeum Mworago Hasyeoseoyo
店員的慣用語 您要找什麼嗎？	**무얼 찾으세요？** Mueol Chajeuseyo *原本是要用무엇+을，不過在口語中經常使用它的縮寫版무얼。
您有什麼需求？	**무얼 드릴까요？** Mueol Deurilkkayo *直譯的話，就是「要為您做什麼嗎？」

小知識

• 詢問初次見面的人的姓名

　　詢問初次見面的人的姓名的時候，使用疑問詞「什麼」的表達이름이 뭐예요？（你的名字是什麼？）會有點失禮。對於長輩時，要使用疑問詞어떻게 [eatteoke]（請參考p63）。

請問該怎麼稱呼您？（您的姓名是怎麼呈現？）

성함이 어떻게 되십니까？
Seonghami Eotteoke Doesimnikka

可以同時背起來的**單字表**

這個	이것（縮寫 이거） Igeot　　　 Igeo	這裡	여기 Yeogi
那個（近）	그것（縮寫 그거） Geugeot　　 Geugeo	那裡	거기 Geogi
那個（遠）	저것（縮寫 저거） Jeogeot　　 Jeogeo	那裡	저기 Jeogi
哪一個	어느것 Eoneugeot	哪裡	어디 Eodi
這個也	이것도 Igeotdo	這邊	이쪽 Ijjok
那個也	그것도 Geugeotdo	那邊	그쪽 Geujjok
那個也	저것도 Jeogeotdo	那邊	저쪽 Jeojjok
哪一個也	어느것도 Eoneugeotdo	哪邊	어느쪽 Eoneujjok
這	이 I	這樣	이렇게 Ireoke
那	그 Geu	那樣	그렇게 Geureoke
那	저 Jeo	那樣	저렇게 Jeoreoke
哪	어느 Eoneu	怎樣	어떻게 Eotteoke

可以同時背起來的**單字表**

指示代名詞＋人‧物品			連接詞		
這個人	이 사람 I Saram.		而且	그리고 Geurigo	
那個人	그 사람 Geu Saram		所以	그래서 Geuraeseo	
那個人	저 사람 Jeo Saram		因此	그러니까 Geureonikka	
哪個人	어느 사람 Eoneu Saram		不過	그러나 Geureona	
這樣的	이런 것 Ireon Geot		但是	하지만 Hajiman	
那樣的	그런 것 Geureon Geot		因此	따라서 Geureomyeon	
那樣的	저런 것 Jeoreon Geot		或是	혹은 Ttoneun	
哪樣的	어떤 것 Eotteon Geot		或者	또는 Hogeun	
			那麼	그러면 Ttaraseo	
			不過	그런데 Geureonde	
			因為	왜냐하면 Waenyahamyeon	

CD1
18

誰

疑問詞

누구
Nugu

相當於英語的 who，表示對人的疑問詞。

簡短對話 使用「誰」

這位是誰？

┌這┐┌位┐┌助詞┐┌**誰**┐┌表示疑問┐
이 분은 **누구**예요 ?
　I　　Buneun　　Nuguyeyo

★ 이 사람（這人）是比較不禮貌的表達，要使用이 분（這位）來詢問。

我的女朋友。

┌我┐┌女┐┌朋友┐┌表示肯定┐
내 여자친구예요 .
　Nae　Yeojachinguyeyo

★ 韓語中經常省略「～的」。男朋友是남자친구。

誰來了？

┌**誰**┐┌助詞┐┌來嗎？┐
누가 와요 ?
　Nuga　　Wayo

★ 疑問詞누구加上助詞가，就變成누가。

三位朋友來了。

┌朋友┐┌助詞┐┌三位┐┌來┐
친구가 세명 와요 .
Chinguga　Semyeong Wayo

記起來後，使用上會很方便的各種表達

這位是誰？	이 분은 누구십니까？ I Buneun Nugusimnikka ＊這是對長輩使用的敬語表達。
請問是哪位？	누구세요？ Nuguseyo ＊這是使用於詢問通電話的人和拜訪者的固定用語。
有誰在家嗎？	누가 집에 있어요？ Nuga Jibe Iseoyo
你打電話給誰？	누구에게 전화해요？ Nuguege Jeonhwahaeyo ＊對象是物品時，使用的助詞是에；對象是人時，則使用助詞에게。
你要送誰禮物？	누구한테 선물해요？ Nuguhante Seonmulhaeyo ＊在口語中，經常用한테代替에게。
你跟誰見了面？	누구를 만났어요？ Nugureul Mannaseoyo ＊在韓語中，「跟誰見面」這個表達中使用的助詞是를。
你跟誰長得像？	누구를 닮았어요？ Nugureul Dalmaseoyo ＊在韓語中，「跟誰長得像」這個表達中使用的助詞是를。另外，韓語的長得像要使用닮다（相似）的過去式。
這本書是誰的？	이 책은 누구거예요？ I Chaegeun Nugugeoyeyo ＊「誰的物品」的韓語是누구＋것（物品），在口語中會使用것的縮寫版거。
這是誰的包包？	누구 가방이에요？ Nugu Gabangieyo

可以同時背起來的**單字表**

人稱	
我	저 Jeo
我（對親近朋友使用）	나 Na
我們	저희 Jeohui
我們（對親近朋友使用）	우리 Uri
你（對親近朋友使用）	너 Neo
你們（對親近朋友使用）	너희들 Neohuideul
他	그 Geu
他們	그들 Geudeul
她	그녀 Geunyeo
認識的人	아는 사람 Aneun Saram
朋友	친구 Chingu

戀人	애인 Aein
家人	
爸爸	아버지 Abeoji
媽媽	어머니 Eomeoni
丈夫	남편 Nampyeon
妻子	아내 Anae
兒子	아들 Adeul
女兒	딸 Ttal
長子	큰아들 Keunadeul
長女	큰딸 Keunttal
兄弟	형제 Hyeongje
姊妹	자매 Jamae

父母	부모 Bumo	弟弟	남동생 Namdongsaeng	
堂（表） 兄弟姐妹	사촌 Sachon	妹妹	여동생 Yeodongsaeng	
親戚	친척 Chincheok	老么	막내 Mangnae	
夫妻	부부 Bubu	孫子	손자 Sonja	
公公	시아버지 Siabeoji	爺爺	할아버지 Harabeoji	
婆婆	시어머니 Sieomeoni	外公	외할아버지 Oeharabeoji	
媳婦	며느리 Myeoneuri	奶奶	할머니 Halmeoni	
女婿	사위 Sawi	外婆	외할머니 Oehalmeoni	
哥哥（對弟 弟來說）	형 Hyeong	叔叔	삼촌 Samchon	
哥哥（對妹 妹來說）	오빠 Oppa	舅舅	외삼촌 Oesamchon	
姐姐（對弟 弟來說）	누나 Nuna	姑母	고모 Gomo	
姐姐（對妹 妹來說）	언니 Eonni	姨母	이모 Imo	

何時

언제
Eonje

疑問詞

相當於英語的 when，表示詢問時間的疑問詞。

· ·

簡短對話 使用「何時」

你的生日是什麼時候？

┌生日┐┌助詞┐ **什麼時候**┌表示疑問？┐
생일이 **언제**예요？
Saengiri　　Eonjeyeyo

★韓語生日的助詞是使用이。

（我的生日）是 10 月 10 日。

┌10月┐┌10日┐┌表示肯定┐
10월 10일이에요.
Siwol　Sibirieyo

★用韓文來寫的話是시월 십일。漢字數字（請參考p56）的「十」是십，跟월（月）一起使用後，收音的ㅂ要省略掉，就變成了시。

─────────────────────────────────────

什麼時候可以連絡您？

┌**何時**┐┌大約┐ ┌連絡┐ ┌────表示尊敬────┐
언제쯤 연락 드릴까요？
Eonjejjeum　Yeollak　Deurilkkayo

請下週打電話給我。

┌──下週──┐┌助詞┐┌打電話┐ ┌──請──┐
다음 주에 전화해 주세요.
Daeum　Jue　Jeonhwahae　Juseyo

記起來後，使用上會很方便的各種表達

合格名單什麼時候公佈？	**합격자 발표는 언제예요？** Hapgyeokja Balpyoneun Eonjeyeyo ＊합격자的漢字是「合格者」，발표的漢字是「發表」。
那是什麼時候呢？	**그게 언제였죠？** Geuge Eonjeyeotjyo ＊그게是그것（那個）＋이（助詞）的縮寫版。
可以什麼時候去？	**언제 가면 돼요？** Eonje Gamyeon Dwaeyo
什麼時候見面呢？	**언제 만날까요？** Eonje Mannalkkayo
什麼時候來的？	**언제 왔어요？** Eonje Waseoyo

 **替換 語句** 使用下面表達來代替「什麼時候」

哪一年 **몇 년에**	哪個月 **몇 월에**	哪天 **몇 칠에**
Myeonnyeone	Myeochwore	Myeochire
＊收音的ㅊ和ㄴ相遇後要鼻音化，因此發音變成[면녀네]。	＊收音的ㅊ要發成ㄷ的音，因此聽起來是[며더레]。	

從什麼時候開始放假？	**방학이 언제부터예요？** Banghagi Eonjebuteoyeyo ＊언제＋부터（從）就變成언제부터（從何時開始）。
截止日期是何時？	**마감이 언제까지예요？** Magami Eonjekkajiyeyo ＊언제＋까지（為止）就變成언제까지（到何時為止）。

今天	오늘 Oneul	這週	이번주 Ibeon Ju
昨天	어제 Eoje	上週	지난주 Jinan Ju
明天	내일 Naeil	下週	다음 주 Daeum Ju
後天	모레 More	這個月	이번 달 Ibeon Dal
早上	아침 Achim	上個月	지난달 Jinandal
白天	낮 Nat	下個月	다음 달 Daeum Dal
傍晚	저녁 Jeonyeok	今年	올해 Olhae
晚上	밤 Bam	去年	작년 Jangnyeon
上午	오전 Ojeon	明年	내년 Naenyeon
下午	오후 Ohu	週末	주말 Jumal
日出	일출 Ilchul ＊也可以用 해돋이 [Haedoji]。	月底	월말 Wolmal
日落	일몰 Ilmol	年底	연말 Yeonmal

1 月	일원 Irwol	星期一	월요일 Woryoil	
2 月	이월 Iwol	星期二	화요일 Hwayoil	
3 月	삼월 Samwol	星期三	수요일 Suyoil	
4 月	사월 Sawol	星期四	목요일 Mogyoil	
5 月	오월 Owol	星期五	금요일 Geumnyoil	
6 月	유월 Yuwol	星期六	토요일 Toyoil	
7 月	칠월 Chirwol	星期日	일요일 Iryoil	
8 月	팔월 Parwol	春天	봄 Bom	
9 月	구월 Guwol	夏天	여름 Yeoreum	
10 月	시월 Siwol	秋天	가을 Gaeul	
11 月	십일월 Sibirwol	冬天	겨울 Gyeoul	
12 月	십이월 Sibiwol	梅雨	장마 Jangma	

可以同時背起來的單字表

固有數字
＊固有數字只到 99 [아흔 아홉]。

1	하나 Hana
2	둘 Dul
3	셋 Set
4	넷 Net
5	다섯 Daseot
6	여섯 Yeoseot
7	일곱 Ilgop
8	여덟 Yeodeol
9	아홉 Ahop
10	열 Yeol
11 ＊連著讀成 [여라나]	열 하다 Yeol Hana

12	열 둘 Yeol Dul
20	스물 Seumul
21 ＊連著讀成 [스무라나]	스물 하나 Seumul Hana
22	스물 둘 Seumul Dul
30	서른 Seoreun
40	마흔 Maheun
50	쉰 Swin
60	예순 Yesun
70	일흔 Ilheun
80	여든 Yeodeun
90	아흔 Aheun

★ 「1」～「4」（하나、둘、셋、넷）跟量詞一起使用時，就會省略收音。
　 例：1 個 / 한개 [Hangae]、2 個 / 두개 [Dugae]、3 個 / 세개 [Segae]、4 個 / 네게 [Negae]
★ 「20」（스물）也是跟量詞使用時，就會省略收音。例：20 個 / 스무개 [Seumugae]

可以同時背起來的**單字表**

時（點）	시 Si
時間	시간 Sigan
歲	살 Sal
個	개 Gae
人	사람 Saram
位	명 Myeong
張	장 Jang
次	번 Beon
第〜次	번째 Beonjjae
隻	마리 Mari

本	권 Gwon
杯	잔 Jan
瓶（瓶子等）	병 Byeong
隻（鉛筆、蠟燭等）	자루 Jaru
袋	봉지 Bongji
台	대 Dae
件（數衣服）	벌 Beol
朵	송이 Songi
箱	통 Tong
篇（小說、詩等）	편 Pyeon

★「小時」雖然是使用固有數字，不過分 [bun] 和秒초 [cho] 要使用漢數字。（請參考 p56）
例：3 點 10 分 30 秒 / 세시 십분 삼십초 [sesi sipppun samsipcho]

★表示年齡的量詞還有세，這時候就要使用漢字數字。
例：20 歲 / 이십세 [isipsse]

★「第一次」是첫번째 [cheotbeonjjae]，「第二次」是두번째 [dubeonjjae]。

★「一朵花」是꽃 한송이 [kkot hansongi]。

一	일 Il	二十	이십 Iibi
二	이 I	三十	삼십 Samsip
三	삼 Sam	四十	사십 Sasip
四	사 Sa	五十	오십 Osip
五	오 O	六十	육십 Yuksip
六	육 Yuk	七十	칠십 Chilsip
七	칠 Chil	八十	팔십 Palsip
八	팔 Pal	九十	구십 Gusip
九	구 Gu	百	백 Baek
十	십 Sip	千	천 Cheon
十一	십일 Sibil	萬	만 Man
十二	십이 Sibi	億	억 Eok

量詞	
分	분 Bun
秒	초 Cho
年	년 Nyeon
月	월 Wol
日	일 Il
週	주일 Juil
～個月	개월 Gaewol
宿／夜	박 Bak
樓	층 Cheung

貨幣	
韓圓	원 Won
日圓	엔 En
美金	달러 Dalleo
歐元	유로 Yuro

單位	
公分	센티미터 Sentimiteo
公尺	미터 Miteo
公里	킬로미터 Killomiteo
克	그램 Geuraem
公斤	킬로그램 Killogeuraem
公升	리터 Riteo

CD1 28

哪裡

疑問詞

어디
Eodi

相當於英語的 where，表示詢問場所的疑問詞。

簡短對話 使用「哪裡」

廁所在哪裡？

┌─廁所─┐┌助詞┐ ┌哪裡┐┌表示疑問？┐
화장실이 어디예요 ?
Hwajangsiri　　Eodiyeyo

★ 화장실 的漢字是「化粧室」，也就是「廁所」。這裡的 이是助詞。

在那邊。

┌那邊┐┌助詞┐ ┌──在──┐
저쪽에 있어요.
Jeojjoge　　Iseoyo

你現在在哪裡？

┌現在┐┌哪裡┐┌助詞┐┌─在？─┐
지금 어디 에 있어요 ?
Jigeum　Eodie　　Iseoyo

★ 있어요同時具有「有」和「在」兩個意思。

我在家。

┌家┐┌助詞┐ ┌──在──┐
집 에 있어요.
Jibe　　Iseoyo

記起來後，使用上會很方便的各種表達

捷運站在哪裡？	**지하철 역이 어디예요？** Jihacheol　Yeogi　Eodiyeyo ＊지하철 역要連著發音，也就是要發[지하철 력]。

 **替換 語句** 使用下面表達來代替「捷運站」

便利商店 **편의점이**　　公司 **회사가**　　醫院 **병원이**
Pyeonuijeomi　　　　　　Hwasaga　　　　　　Byeongwoni

濟州島旅行 要去哪裡好呢？	**제주도 여행 어디가 좋을까요？** Jejudo　Yeohaeng Eodiga　Joeulkkayo ＊濟州島是韓國最南端的島嶼，以渡假村聞名。
你哪裡不舒服？	**어디가 아파요？** Eodiga　Apayo ＊아파요的原型是아프다（痛），可以表示「身體不舒服」。
我們要在哪裡吃飯呢？	**어디서 밥을 먹을까요？** Eodiseo　Babeul　Meogeulkkayo ＊어디서是어디（哪裡）＋에서（在）的縮寫版。
你讀到哪裡呢？	**어디까지 읽었지요？** Eodikkaji　Eolgeotjiyo
您現在在哪裡？	**지금 어디에 계세요？** Jigeum　Eodie　Gyeseyo ＊계세요是있어요（在）的敬語表達。
您從哪裡過來？	**어디서 오셨어요？** Eodiseo　Osyeoseoyo ＊어디서是어디（哪裡）＋에서（從）的縮寫版。에서可以表達 　「在～」和「從～」兩個意思。

對長輩

可以同時背起來的**單字表**

大海	바다 Bada
海岸	해안 Haean
山	산 San
河	강 Gang
湖	호수 Hosu
濕地	습지 Seupji
溪谷	계곡 Gyegok
山脈	산맥 Sanmaek
平原	평야 Pyeongya
盆地	분지 Bunji

島嶼	섬 Seom
大陸	대륙 Daeryuk
太平洋	태평양 Pacific Ocean
東海	동해 Donghae ＊在韓國說「日本海」的話，就是指「東海」。
稻田	논 Non
田	밭 Bat
住宅區	주택지 Jutaekji
工業地區	공업지대 Gongeopjidae
商業街	시가지 Sigaji
商店	상가 Sangga
空地	빈터 Binteo

可以同時背起來的**單字表** 位置

右邊	**오른쪽** Oreunjjok		對向	**맞은 편** Majeun Pyeon
左邊	**왼쪽** Oenjjok		對面	**건너 편** Geonneo Pyeon
上	**위** Wi		東邊	**동쪽** Dongjjok
下	**아래** Arae		西邊	**서쪽** Seojjok
前	**앞** Ap		南邊	**남쪽** Namjjok
旁邊	**옆** Yeop		北邊	**북쪽** Bokjjok
後面	**뒤** Dwi		方向	**방향** Banghyang
裡面	**안** An		**相關的動詞和形容詞**	
內部	**속** Sok		去	**가다** Gada
外面	**밖** Bak		住	**살다** Salda
中間	**가운데** Gaunde		近	**가깝다** Gakkapda
現在位置	**현재 위치** Hyeonjae witch		遠	**멀다** Meolda

尋找理由

為什麼 / 為何

왜
Wae

疑問詞

相當於英語的 why，表示尋找理由的疑問句。

....

簡短對話 使用「為什麼 / 為何」

為什麼遲到了？

┌─為什麼─┐ ┌───遲到了？───┐
왜　늦었어요？
Wae　Neujeoseoyo

★ 動詞 늦다（遲到）
也可以當成形容詞
（晚）來使用。

因為路上塞車，所以遲到了。

┌路┐┌助詞┐ ┌───塞車───┐ ┌──遲到了──┐
길이　막혀서　늦었어요.
Giri　Makhyeoseo　Neujeoseoyo

....

你為什麼哭呢？

┌為什麼┐ ┌───在哭───┐
왜　울어요？
Wae　Ureoyo

因為太辣了。

┌─太─┐ ┌───辣───┐
너무　매워서요.
Neomu　Maewoseoyo

★ 這句表達中後面省略了「所
以哭了」，因此句尾直接加
上요，成為禮貌形表達。

記起來後，使用上會很方便的各種表達

對親近的人	為什麼那樣？	왜 그래？ Wae Geurae	＊這是對比自己年齡小或關係親密的人的表達。
禮貌形表達	為什麼？	왜요？ Waeyo	＊疑問詞왜加上요的表達，意思是「為什麼」。
	怎麼了？	왜 그래요？ Wae Geuraeyo	＊這句表達在中文要用過去式，在韓語中則用現在式。直譯的話，就是「為什麼那樣呢？」。
	為什麼做了那種事？	왜 그런 짓을 했어요？ Wae Geureon Jiseul Haeseoyo	
對長輩	為什麼那樣呢？	왜 그러세요？ Wae Geureoseyo	

小知識

● 詢問方法的疑問詞

詢問理由的疑問詞是 **왜**，詢問方法的疑問詞是 **어떻게** [eotteoke]。雖然兩者有些差異，不過有時候尋問「怎樣／為什麼」時，可以通用 **어떻게**。

你為什麼（怎樣）知道？

어떻게 알아요？
Eotteoke　　Arayo

你為什麼（怎樣）來到韓國？

한국에 어떻게 오게 되었어요？
Hanguge　Eotteoke　Oge　Doeeoseoyo

您為什麼來這裡？ ＊這是醫生問病人的固定表達。

어떻게 오셨어요？
Eotteoke　Osyeoseoyo

使用敬語的打招呼用語

　　韓文的「你好」是안녕하세요？，「再見」是안녕히 가세요或者 안녕히 계세요，其詞尾後面都要有세요。這一部分，在 P25 敬語的使用方法中已經解說過了。

　　敬語的結構是「詞幹＋（으）시다」（請～）。如果把它變成요型的「詞幹+아요/어요」的話，就是「詞幹＋（으）세요」（請～）。那麼，我們來看看具體的使用方法。如果把「你好」中的안녕하다（好）這個形容詞變成敬語，會有以下變化。

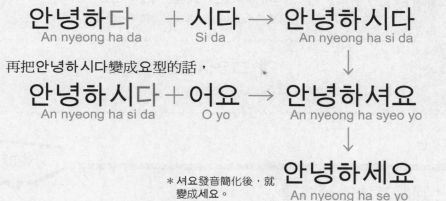

안녕하다　＋　시다　→　안녕하시다
An nyeong ha da　　Si da　　An nyeong ha si da

再把안녕하시다變成요型的話，

안녕하시다＋어요　→　안녕하셔요
An nyeong ha si da　　O yo　　An nyeong ha syeo yo

＊셔요發音簡化後，就變成세요。

안녕하세요
An nyeong ha se yo

　　最後在句尾加上「？」的話，就會是像敬語→요型禮貌形→疑問句（你好嗎？）這樣的打招呼用語。

　　「詞幹＋（으）세요」除了表示敬語的格式體之外，還可以使用於溫和的命令句，韓文的「再見」就是使用這個方法。跟要離開的人說的안녕히 가세요，就是가다動詞（走）的詞幹再加上세요後，變成溫和的命令句「請慢走」。另一方則跟留下來的人說的안녕히 계세요，就是있다（在）的敬語계시다（在）變成요型後，就變成為「請～」的溫和命令句了。

＊敬語雖然由「詞幹＋（으）시다」構成，不過也有整體都會變化的單字，存在詞 있다就是其中之一。

第3章

日常生活
會話

- 從這一章開始,將學習不同場合中經常使用的用語。
- 日常生活對話中,根據對象的不同,如家人、朋友、
- 老師、主管、同事等都要區分使用半語、禮貌形或敬
- 語。

在家裡

這是有關從早上起床到晚上睡覺前的日常會話單元。在韓國，即使在家中，小孩子也是對父母使用敬語。

從早上起床到出門

CD1
32

記起來會很方便的各種表達

| 對親近的人 | 起床了？ | 일어났어?
 Ireonaseo | ＊這是일어나다（起床）的過去式。 |

일어났어?
Ireonaseo

＊這是일어나다（起床）的過去式。

얼른 일어나！
Eolleun　Ireona

＊這是媽媽對小孩的用語。얼른的意思是「快，馬上」。

對親近的人／快點起床！

더워서 잘 못 잤어요.
Deowoseo Jal Mot Jaseoyo

禮貌形表達／因為太熱了，所以睡不好。

 **替換 語句** 使用下面表達來代替「因為太熱了」

因為太冷了 **추워서**
Chuwoseo

因為外面很吵 **밖이 시끄러워서**
Bakki　Sikkeureowoseo

因為蚊子 **모기때문에**
Mogi Ttaemune

因為感冒 **감기때문에**
Gamgi Ttaemune

我要出門了。

다녀 오겠습니다.
Danyeo Ogetseumnida

＊這是在다녀 오다（去了回來）這個動詞上加上表示說話者意志的겠다的格式體습니다。

對長輩／請慢走。

다녀 오세요.
Danyeo　Oseyo

 小知識

子女對雙親使用敬語

　　在韓國家庭中，子女會對雙親使用敬語。雖然只有家人在的時候，也會有不使用敬語的情況，根據年代以及雙親的嚴格度，每個家庭都有所不同。有一點一定要注意的是，子女和他人的談話中如果有提到雙親，話中對雙親也一定要使用敬語。簡單地說，只要提到比自已年長的人，就會使用敬語。

家事

跟家人 的對話

Point 널다（晾）＋어야 지（一定要～）是 表示「應該」。

衣服要晾起來。

빨래 널어야지.
Ppallae　Neoreoyaji

我來吧。

내가 할게.
Naega　Halge

這個也一起記起來！ 句尾的變化

詢問 意見

我來幫你晾衣服吧？

빨래 널어 줄래?
Ppallae　Neoreo　Jullae

★這是詢問對方意見的表達。

拜託

請幫我晾衣服。

빨래 널어 주세요.
Ppallae　Neoreo　Juseyo

★這是拜託對方的表達。

記起來後，使用上會很方便的各種表達

對親近的人

午餐要在外面吃嗎？

점심은 밖에서 먹을까？
Jeomsimeun Bakkeseo Meogeulkka
＊점심是「午飯」的意思。

在家裡簡單吃一吃吧。

집에서 간단하게 해 먹자.
Jibeseo　Gandanhage Hae Meokja
＊하다（做）＋먹다（吃）組成해 먹다（做來吃）。

你做飯了嗎？

밥 지었어？
Bap　Jieoseo
＊지었어是짓다（做）的過去式。

我去幼稚園接你。

유치원에 데리러 갈게.
Yuchiwone　Derireo　Galge
＊유치원是「幼稚園」，보육원 [boyu gwon] 是「托兒所」。

禮貌形表達

請使用吸塵器。

청소기를 밀어 주세요.
Cheongsogireul Mireo　Juseyo
＊청소기를（吸塵器）＋밀다（使用）組成「使用吸塵器」，也可以說청소기를＋돌리다。

 **替換 語句** 使用下面表達來代替「使用吸塵器」

收衣服 **빨래를 걷어**
Ppallaereul Geodeo

洗碗 **설거지를 해**
Seolgeojireul Hae

丟垃圾 **쓰레기를 버려**
Sseuregireul Beoryeo

我去買東西。

장 보러 갔다 올게요.
Jang Boreo　Gatda　Olgeyo
＊장을（市場）＋보다（看），意思就是「買東西」。

你晚餐想吃什麼？

저녁에 뭘 먹고 싶어요？
Jeonyeoge Mwol Meokgo Sipeoyo
＊저녁原本的意思是「傍晚」，也有「晚餐」的意思。

· 跟家人 · 的對話

Point 這是小孩對父母說的敬語表達。

我回來了。
다녀왔습니다.
Danyeowatseumnida

你回來了?
다녀왔어?
Danyeowaseo

Point 다녀오다的意思是「去了回來」，因此這裡直譯的話，就是「出去回來了?」。

這個也一起記起來! 對象不同，表達也不同

我回來了。
다녀왔어.
Danyeowaseo

爸爸對家人

★直譯的話，就是「我出去回來了。」

您回來了嗎?
다녀오셨습니까?
Danyeoosyeotseumnikka

小孩對父母

★使用敬語的表達。

70

記起來後，使用上會很方便的各種表達

對親近的人	洗手了嗎？	손 씻었어? Son Ssiseoseo	
	作業都做完了嗎？	숙제 다 했어? Sukje Da Haeseo	＊다 했어是다（全部）＋하다（做）的過去式。
	幫你關燈嗎？	불 꺼 줄래? Bul Kkeo Jullae	＊「關燈」是 불을 끄다[Bureul Kkeuda]，「開燈」是 불을 켜다[Bureul Kyeoda]。
	晚安。	잘 자. Jal Ja	＊잘（好好地）＋자（睡覺），用於關係親密的人之間或是父母對小孩。
禮貌形表達	門鎖了嗎？	문 잠갔어요? Mun Jamgaseoyo	＊문的漢字是「門」，意思是「門」。
	差不多該睡了吧？	슬슬 잘까요? Seulseul Jalkkayo	＊슬슬的意思是「慢慢地，不久」。
對長輩	晚安。	안녕히 주무세요. Annyeonghi Jumuseyo	

只有在睡前使用的 「晚安」

中文的 「晚安」也可以使用於晚上分開的時候，而韓國只能使用於睡覺前，這一點請多加注意。

表示「我先去睡覺」是

먼저 잘게요.
Meonjeo Jalgeyo.

更正式的表達是

먼저 자겠습니다.
Meonjeo Jagetseumnida.

可以同時背起來的**單字表**　居住

住宅	주택 Jutaek	推門	장지 Jangji
公寓大樓	맨션 Maensyeon	天花板	천장 Cheonjang
門	문 Mun	照明	조명 Jomyeong
玄關	현관 Hyeongwan	壁櫥	벽장 Byeokjang
樓梯	계단 Gyedan	房間	방 Bang
走廊	복도 Bokdo	接待室	응접실 Eungjeopsil
地板	바닥 Badak	客廳	거실 Geosil
地板材料	바닥재 Badakjae	廚房	부엌 Bueok
牆壁	벽 Byeok	浴室	욕실 Yoksil
壁紙	벽지 Byeokji	臥室	침실 Chimsil
窗戶	창문 Changmun	屋頂	지붕 Jibung
玻璃窗	유리창 Yurichang	煙囪	굴뚝 Gulttuk

可以同時背起來的**單字表** 室內裝潢

裝潢	인테리어 Interieo
餐桌組合	식탁 세트 Siktak Seteu
桌子	테이블 Teibeul
沙發	소파 Sopa
靠墊	쿠션 Kusyeon
窗簾	커튼 Keoteun
蕾絲	레이스 Reiseu
地毯	카페트 Kapeteu
吊燈	샹들리에 Syangdeurie
書架	책장 Chaekjang
收納架	수납장 Sunapjang
化妝檯	화장대 Hwajangdae

寢具	침구 Chimgu
床	침대 Chimdae
藤製家具	등나무 가구 Deungnamu Gagu
鄉村家具	컨츄리 가구 Keonchyuri Gagu

相關的動詞和形容詞

裝飾	장식하다 Jangsikhada
貼	바르다 Bareuda
放置	놓다 Nota
收拾	치우다 Chiuda
整理	정돈하다 Jeongdonhada
豪華的	호화롭다 Hohwaropda
乾淨	깨끗하다 Kkaekkeuthada

可以同時背起來的**單字表** 家電

電器商品	전기제품 Jeongijepum
洗衣機	세탁기 Setakgi
吸塵器	청소기 Cheongsogi
電視	텔레비전 Tellebijeon
攝影機	비디오 Bidio
音響	오디어 Odio
冰箱	냉장고 Naengjanggo
電鍋	전기밥솥 Jeongibapsot
微波爐	전자레인지 Jeonjareinji
攪拌機	믹서기 Mikseogi
烤麵包機	토스터 Toseuteo
電風扇	선풍기 Seonpunggi

空調	에어컨 Eeokeon
檯燈	전기 스탠드 Jeongi Seutaendeu
電話	전화기 Jeonhwagi
吹風機	드라이어 Deuraieo
熨斗	다리미 Darimi

相關的動詞和形容詞

使用 （吸塵器）	(청소기를)밀다 (Cheongsogireul) Milda
使用 （洗衣機）	(세탁기를) 돌리다 (Setakgireul) Dollida
開（燈）	(불을) 켜다 (Bureul) Kyeoda
關（燈）	(불을) 끄다 (Bureul) Kkeuda
發生故障	고장나다 Gojangnada
修理	수리하다 Surihada

日用品	일용품 Iryongpum	鏡子	거울 Geoul
垃圾桶	쓰레기통 Sseuregitong	棉被	이불 Ibul
抹布	걸레 Geolle	毛毯 *實際發音為 [담뇨]	담요 Damnyo
掃把	빗자루 Bitjaru	枕頭	베개 Begae
清潔劑	세제 Seje	坐墊	방석 Bangseok
肥皂	비누 Binu	塑膠袋	비닐 봉지 Binil Bongji
毛巾	수건 Sugeon	蚊香	모기향 Mogihyang
衣架	옷걸이 Otgeori	扇子	부채 Buchae
梳子	빗 Bit	電池	건전지 Geonjeonji
		針	바늘 Baneul
		線	실 Sil
		衛生紙	화장지 Hwajangji

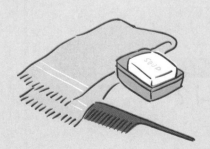

在學校

在學校和同學的對談主要使用半語，跟老師說話時則要使用敬語。

上課期間

跟朋友的對話

課程如何？
수업이 어때?
Sueobi Eottae

好像有點困難。
좀 어려운 것 같아.
Jom Eoryeoun Geot Gata

Point 把後面的요去掉，就是半語了。

這個也一起記起來！ 對象不同，表達也不同

課程如何呢？
수업이 어떠니?
Sueobi Eotteoni
對親近的人

★句尾有니，表示這是屬於半語的表達。

課程有趣嗎？
수업 재미있니?
Sueop Jaemiinni
對親近的人

＊因產生鼻音變化，發音變成[재미인니]。

你有努力念書嗎？	공부 열심히 하고 있어? Gongbu Yeolsimhi Hago Iseo ＊열심히（努力地）＋하다（做），意思是「努力」。
下週要考試。	다음주 시험이야. Daeumju Siheomiya
考試考得好嗎？	시험 잘 봤어? Siheom Jal Bwaseo ＊시험을（考試）＋잘（好好地）＋보다（看），意思是「考試好得好」。在口語中經常省略助詞「을/를」。
成績如何？	성적이 어땠어? Seongjeogi Eottaeseo
學分不夠。	학점이 부족해. akjeomi Bujokhae ＊학점的意思是「學分」。
你昨天為何沒來學校？	어제 왜 학교에 안 왔어? Eoje Wae Hakgyo An Waseo
我們在學生餐廳吃嗎？	학생식당에서 먹을까? Haksaengsikdangeseo Meogeulkka ＊학생식당的漢字是「學生食堂」。

第3章 日常生活會話

小知識

關係親近的人之間的表達

關係親密的人之間會使用半語，最基本的半語說法就是去掉後面的요，疑問句的話，會在詞幹後面加上니或냐。

做　　　　　　做嗎？

하다　→　하니? / 하냐?
Hada　　　Hani　　Hanya

跟老師的對話

老師，我有疑問。

선생님,
Seonsaengnim
질문이 있는데요.
Jilmuni　Inneundeyo

有什麼問題，請儘管問。

뭐든지 물어보세요.
Mwodeunji　　Mureoboseyo

Point 在這裡雖然使用敬語，不過根據情況的不同，老師也可以對學生使用半語。

這個也一起記起來！ 提出疑問的用語

我想發問。

對長輩

질문하고　싶은데요.
Jilmunhago　　Sipeundeyo

老師，我想請教您一下。

對長輩

선생님, 여쭤보고　싶은데요.
Seonsaengnim　Yeojjwobogo　　Sipeundeyo

★這是使用물어보다 [mureoboda]（詢問）的敬語
여쭤보다（請教）的表達。

記起來後，使用上會很方便的各種表達

老師的慣用語

請把資料分下去。	자료를 나눠 주겠어요. Jaryoreul Nanwo Jugeseoyo

一個人拿一張後，請往後傳。

한 장씩 갖고 뒤로 넘겨 주세요.
Han Jangssik Gatgo Dwiro Neomgyeo Juseyo
＊넘겨 주다的意思是「轉給，傳遞」。

那麼，請打開教科書的第11頁。

그러면 교과서 11페이지를 펴세요.
Geureomyeon Gyogwaseo Sibilpeijireul Pyeoseyo
＊11페이지的發音是 [십일 페이지]。

請讀這句話。

이 문장을 읽어 보세요.
I Munjangeul Ilgeo Boseyo

坐好！

똑바로 앉아 !
Ttokbaro Anja
＊直譯的話，就是「筆直坐好」，也就是說「背挺直」。根據情況的不同，也可以像這裡一樣使用半語。

學生的慣用語

老師，我知道了。

알겠습니다, 선생님.
Algetseumnida Seonsaengnim

這個句子正確嗎？

이 문장이 맞습니까 ?
I Munjangi Matseumnikka
＊맞습니까？和「～중 어느것이 맞습니까？」（在～中，哪一個是正確的呢？）經常使用於疑問句中。

可以同時背起來的**單字表**

國語	국어 Gugeo	成績	성적 Seongjeok
數學	수학 Suhak	班級	클래스 Keullaeseu
社會科	사회과 Sahoegwa	教室	교실 Gyosil
理科	이과 Igwa	書桌	책상 Chaeksang
英語	영어 Yeongeo	椅子	의자 Uija
音樂	음악 Eumak	黑板	칠판 Chilpan
體育	체육 Cheyuk	保健室	보건실 Bogeonsil
毛筆字	붓글씨 Butgeulssi	實驗室	실험실 Silheomsil
上課	수업 Sueop	圖書室	도서실 Doseosil
休息時間	쉬는 시간 Swineun Sigan	體育館	체육관 Cheyukgwan
時刻表	시간표 Siganpyo	講堂	강당 Gangdang
作業	숙제 Sukje	校園	교정 Gyojeong

可以同時背起來的**單字表** 學校 ❷

第3章 日常生活會話

班長	반장 Banjang
班導師	담임 Damim
校長	교장 선생님 Gyojang Seonsaengnim
教科書	교과서 Gyogwaseo
參考書	참고서 Chamgoseo
文具	
文具	문방구 Munbanggu
筆記本	노트 Noteu
鉛筆	연필 Yeonpil
色鉛筆 ＊實際發音是 [생년필]。	색연필 Saengnyeonpil

橡皮擦	지우개 Jiugae
筆筒	필통 Piltong
剪刀	가위 Gawi
膠水	풀 Pul
相關的動詞和形容詞	
教學	가르치다 Gareuchida
學習	배우다 Baeuda
玩樂	놀다 Nolda
提問	질문하다 Jilmunhada
回答	대답하다 Daedaphada
交出	제출하다 Jechulhada
休息	쉬다 Swida

在辦公室

這裡將介紹辦公室經常使用的會話。韓國職場上相當重視禮儀，不論對外或對內，通常都使用敬語交談。

接電話

跟公司外的人的對話

請問朴課長在嗎？
박과장님 계십니까?
Bakgwajangnim　Gyesimnikka

他現在不在位置上。
지금 자리에
Jigeum　　　Jarie
안 계신데요.
An　Gyesindeyo

Point　對於同公司的上司也要使用敬語。

這個也一起記起來！ 電話的固定用語

我幫您轉接。
지금 바꿔 드리겠습니다.
Jigeum　Bakkwo　　Deurigetseumnida

★句尾如果改成的話바꿔 드릴게요 [bakkwo deurilgeyo]，口氣會比較溫和。

請稍等一下。
잠시만 기다리세요.
Jamsiman　　Gidariseyo

* 也經常使用跟잠시만意思一樣的잠깐만 [jam kkan man]。

記起來後，使用上會很方便的各種表達

您有什麼事情嗎？	어떤 일로 오셨습니까?
	Eotteon Illo Osyeotseumnikka

現在會議中。	지금 회의중입니다.
	Jigeum Hoeuijungimnida

替換 語句 使用下面表達來代替「會議中」

電話中	통화중	外出中	외출중
	Tonghwajung		Oechuljung
出差中	출장중	休假中	휴가중
	Chuljangjung		Hyugajung

請幫忙轉達。	말씀 좀 전해 주세요.
	Malsseum Jom Jeonhae Juseyo
	*直譯的話，就是「請轉達話」。

不好意思讓您等。	기다리게 해서 죄송합니다.
	Gidarige Haeseo Joesonghamnida
	*죄송합니다是미안합니다的敬語。

李課長調職了。	이 과장님은 전근가셨습니다.
	I Gwajangnimeun Jeongeungasyeotseumnida

小知識

辦公室的敬語

　　韓國除了對自己的長輩使用敬語之外，對其他公司的人提到自己公司的人的時侯，也會使用敬語。例如左頁中的**지금 자리에 안 계신데요**，直譯的話，就是「現在不在位置上」，其中，就使用了敬語**계시다（在）**。

負責廣告的人在嗎？	광고 담당하시는 분은 계십니까？ Gwanggo Damdanghasineun Buneun Gyesimnikka

 **使用下面表達來代替「廣告」**

營業 영업 Yeongeop	研發 개발 Gaebal	企劃 기획 Gihoek
總務 총무 Chongmu	人事 인사 Insa	經理 경리 Gyeongni

這次給您添了很多麻煩。	이번에 신세 많이 졌습니다. Ibeone　Sinse　Mani　Jyeotseumnida ＊신세的意思有「身世」、「添麻煩」。

能幫上忙真是太好了。	도움이 되었으면 다행입니다. Doumi　Doeeoseumyeon Dahaengimnida. ＊다행的漢字是「多幸」。

我來簡單為您說明。	간단하게 설명드리겠습니다. Gandanhage　Seolmyeongdeurigetseumnida ＊간단的漢字是「簡單」，설명則是「說明」。

我們做出決定後，會馬上通知您。	결정이 나는 대로 즉시 알려 Gyeoljeongi Naneun Daero　Jeuksi　Allyeo 드리겠습니다. Deurigetseumnida ＊즉시的漢字是「即時」，意思是「馬上」。

我會等您的好消息。	좋은 소식을 기다리겠습니다. Joeun　Sosigeul　　Gidarigetseumnida ＊소식的漢字是「消息」，意思是「通知」。

第3章 日常生活會話

記起來後，使用上會很方便的各種表達

現在就要回去了嗎？	**벌써 돌아가세요？** Beolsseo Doragaseyo
今天就到此結束吧。	**오늘은 이걸로 끝냅시다.** Oneureun Igeollo Kkeunnaepsida
我好像還要一個小時。	**저는 한시간 더 걸릴 것 같아요.** Jeoneun Hansigan Deo Geollil Geot Gachiyo ＊좀 더 [jom deo] 表示「多一點」。
你今天可以加班嗎？	**오늘 잔업할 수 있나요？** Oneul Janeophal Su Innayo ＊잔업的漢字是「殘業」。잔업할會產生激音化，發音變成[자너팔]。
有些困難。	**좀 힘들겠는데요.** Jom Himdeulgenneundeyo
今天是發薪水的日子！	**오늘 월급 날이야！** Oneul Wolgeup Nariya ＊월급（發薪水）＋날（日子）組成「發薪水日」。雖然是分開寫，不過要連著讀，讀的時候會有鼻音化。
要去喝一杯嗎？	**한잔하러 갈까요？** Hanjanhareo Galkkayo

下班的打招呼用語

　　수고하셨습니다.（您辛苦了。）這是下班時最常被使用的用語，原詞是「수고하다」，是對自己下屬說的話。對於自己上屬要下班時，則要使用안녕히 가십시오 [Annyeonghi Gasipsio]（您慢走。）或내일 뵙겠습니다 [Naeil Boepgetseumnida]（明天見。）。

公司	회사 Hoesa	商品	상품 Sangpum
總店	본점 Bonjeom	品質	품질 Pumjil
分店	지점 Jijeom	管理 ＊實際的發音是 [괄리]。	관리 gwalli
商行	상사 Sangsa	收入	수입 Suip
經營	경영 Gyeongyeong	支出	지출 Jichul
貿易	무역 Muyeok	訂貨	발주 Balju
交易	거래 Georae	交貨	납품 Nappum
外匯	외환 Oehwan	結算	결산 Gyeolsan
金融	금융 Geumnyung	清算	결제 Gyeolje
營業	영업 Yeongeop	薪水	월급 Wolgeup
輸出	수출 Suchul	獎金	보너스 Boneoseu
輸入	수입 Suip	有報酬的	유급 Yugeup

上班	근무 Geunmu	文件	서류 Seoryu
加班	잔업 Janeop	印章	도장 Dojang
出差	출장 Chuljang	報告	보고서 Bogoseo
會議	회의 Hoeui	寫	작성 Jakseong
價格	가격 Gagyeok	提出	제출 Jechul
交涉	교섭 Gyoseop	上班	출근 Chulgeun
合約	계약 Gyeyak	下班	퇴근 Toegeun
協商	합의 Habui	遲到	지각 Jigak
出勤卡	출근 카드 Chulgeun Kadeu	早退	조퇴 Jotoe
置物櫃	사물함 Samulham	入社	입사 Ipsa
影印	복사 Boksa	轉調	전근 Jeongeun
傳真	팩시밀리 Paeksimilli	離職	퇴직 Toejik

第3章 日常生活會話

職員	종업원 Jongeobwon	部門	부서 Buseo
社長	사장 Sajang	所屬	소속 Sosok
董事	임원 Imwon	營業	영업 Yeongeop
主管	계장 Gyejang	開發	개발 Gaebal
室長	실장 Siljang	宣傳	홍보 Hongbo
課長	과장 Gwajang	廣告	광고 Gwanggo
部長	부장 Bujang	經理 ＊實際發音是 [경니]。	경리 Gyeongni
理事	이사 Isa	企劃	기획 Gihoek
職員	사원 Sawon	人事	인사 Insa
負責人	담당자 Damjangja	總務	총무 Chongmu
新進職員	신입 사원 Sinip Sawon	秘書	비서 Biseo
工會會員	조합원 Johabwon	上班族	회사원 Hoesawon

電腦	컴퓨터 computer	網路	인터넷 Inteonet
顯示器	디스플레이 Diseupeullei	網頁	홈 페이지 Hom Peiji
鍵盤	키보드 Kibodeu	密碼	패스워드 Paeseuwodeu
滑鼠	마우스 Mauseu	儲存	액세스 Aekseseu
影印機	프린터 Peurinteo	線上	온라인 Ollain
掃描器	스개너 Seukaeneo	病毒	바이러스 Baireoseu
硬碟	하드 디스크 Hadeu Diseukeu	檔案	파일 Pail
記憶卡	메모리 카드 Memori Kadeu	E-MAIL	이-메일 I-Meil
USB記憶卡	USB메모리 Memori	收信	수신 Susin
容量 ＊實際的發音是[용냥]。	용량 Yongnyang	寄信	송신 Songsin
記錄	기록 Girok	附加	첨부 Cheombu
處理	처리 Cheori	搜尋	검색 Geomsaek

在路上

這裡將介紹在路上逛街、邀約喝咖啡、散步時的必備對話。

在咖啡店

CD1
50

跟朋友的對話

Point 할까요?（～吧？）是詢問對方意見的表達。

去喝一杯咖啡吧？

커피나 한잔 할까요?
Keopina　Hanjan　Halkkayo

好，就那樣吧。

예, 그럽시다.
Ye　Geureopsida

這個也一起記起來！　句尾的變化

要喝杯咖啡嗎？　詢問意見

커피나 한잔 할래요?
Keopina　Hanjan　Hallaeyo

★比 **할까요** 的感覺更溫和。

我們喝杯咖啡吧。　勸誘

커피 한잔 합시다.
Keopi　Hanjan　Hapsida

★這是勸誘對方的表達。

記起來後，使用上會很方便的各種表達

哪裡有不錯的咖啡店？	**어디 좋은 카페 없을까요？** Eodi　Joeun　Kape　Eopseulkkayo

有沒有什麼冰的？	**뭐 시원한 거 없어요？** Mwo Siwonhan Geo Eopseoyo

 **使用下面表達來代替「什麼冰的」**

什麼熱的 **뭐 따뜻한 거**　　不甜的 **달지 않은 거**
　　　　　Mwo Ttatteuthan Geo　　　　　Dalji　Aneun　Geo

咖啡之外的 **커피말고 다른 거**
　　　　　Keopimalgo　Dareun　Geo

我要咖啡。	**저는 커피로 할게요.** Jeoneun Keopiro　Halgeyo

 **使用下面表達來代替「咖啡」**

紅茶 **홍차로**　　　　　柳橙汁 **오랜지 주스로**
　　　Hongcharo　　　　　　　　Orenji　Juseuro

冰淇淋 **아이스크림으로**　　*沒收音的名詞用로，有收音的名詞用으로。
　　　Aiseukeurimeuro

那麼，請給我一樣的。	**그럼 저도 같은 걸로 주세요.** Geureom Jeodo Gachin Geollo　Juseyo

可以簡單吃個飯嗎？	**간단한 식사도 됩니까？** Gandanhan　Siksado　Doemnikka *식사도（用餐）+되다（可以）組成，意思是「可以用餐」。

第3章 日常生活會話

散步

跟朋友的對話

Point
바람을（風）＋쐬다（吹），
其意思是「散心」，通常都
會省略助詞。

去吹吹風吧？
바람 쐬러 갈까？
Baram　Ssoereo　Galkka

好啊，來去散步吧。
그래, 산책이나 가자.
Geurae　　Sanchaegina　　Gaja

這個也一起記起來！ 句尾的變化

溫和的命令

請去吹吹風吧。
바람 쐬러 가세요.
Baram　Ssoereo　Gaseyo

★這是溫和的命令，也可以用於長輩。

勸誘

去散步吧。
산책 갑시다.
Sanchaek　Gapsida

★這是勸誘對方的表達，也可以用於長輩。

我去散個步，順便運動一下再回來。

운동할 겸 산책 갔다 올게요.
Undonghal Gyeom Sanchaek Gatda Olgeyo

*～ㄹ/을 겸意思是「順道～」。겸的漢字是「兼」。

 使用下面表達來代替「順便運動」

順便看花 **꽃 구경할 겸**
Kkot Gugyeonghal Gyeom

順便轉換心情 **기분전환을 할 겸**
Gibunjeonhwaneul Hal Gyeom

因為天氣很好，所以去散了步。

날씨가 좋아서 산책 다녀왔어요.
Nalssiga Joaseo Sanchaek Danyeowaseoyo.

 使用下面表達來代替「因為天氣很好，所以」

因為休假 **휴일이라서**   在奧林匹克公園 **올림픽공원으로**
Hyuiriraseo   Ollimpikgongwoneuro.

有值得推薦的散步路線嗎？

추천할 만한 산책코스가 있어요?
Chucheonhal Manhan Sanchaekkoseuga Iseoyo

*추천的漢字是「推薦」。

我們在社區內繞一圈吧。

동네 한 바퀴 돌고 옵시다.
Dongne Han Bakwi Dolgo Opsida

我也是運動不足。

저도 운동부족인데요.
Jeodo Undongbujogindeyo.

這是在散步步道拍的照片。

산책길에서 찍은 사진이에요.
Sanchaekgireseo Jjigeun Sajinieyo

可以同時背起來的**單字表**

店家	**가게** Gage	速食店	**패스트푸드점** Paeseuteupudeujeom
購物中心	**쇼핑몰** Syopingmol	警察局	**경찰서** Gyeongchalseo
便利商店	**편의점** Pyeonuijeom	派出所	**파출소** Pachulso
超市	**슈퍼마켓** Syupeomaket	消防隊	**소방서** Sobangseo
百貨公司	**백화점** Baekhwajeom	醫院	**병원** Byeongwon
市場	**시장** Sijang	銀行	**은행** Eunhaeng
大型賣場	**대형판매점** Daehyeongpanmaejeom	郵局	**우체국** Ucheguk
餐館	**식당** Sikdang	圖書館	**도서관** Doseogwan
餐廳	**레스토랑** Reseuteurang	美術館	**미술관** Misulgwan
酒店	**술집** Suljip	博物館	**박물관** Bangmulgwan
		電影院	**영화관** Yeonghwagwan
		劇場	**극장** Geukjang

可以同時背起來的**單字表**

地標	랜드마크 Raendeumakeu
書店	서점 Seojeom
CD店	CD숍 CDSyop
花店	꽃 가게 Kkot Gage
咖啡店	커피숍 Keopisyop
大樓	빌딩 Bilding
建築物	건물 Geonmul
教會	교회 Gyohoe
寺廟	절 Jeol
神社	신사 Sinsa
公園	공원 Gongwon
服務處	안내소 Annaeso

停車場	주차장 Juchajang
公共廁所	공중 화장실 Gongjung Hwajangsil
大路	큰길 Keungil
窄巷	골목길 Golmokgil

相關的動詞和形容詞

位於	위치하다 Wichihada
導覽	안내하다 Annaehada
問路	길을 묻다 Gireul Mutda
迷路	길을 잃다 Gireul Ilta
沿路	길을 따라가다 Gireul Ttaragada
擁擠	붐비다 Bumbida
空著	비어 있다 Bieo Itda

對長輩使用的「尊敬表現」

　　韓國從李氏朝鮮時代開始就是以儒家思想為基礎的國家，甚至被稱為「東方禮儀之國」，是一個相當重視禮儀和秩序的國家。如今也還保留這種「長幼有序」的習慣，例如，對於年長的人一定要使用敬語。

　　除了言語上的差異，韓國社會對於長輩的禮節也都是「尊敬表現」，以下介紹幾個常見的現象。

① 雙手的使用

　　在韓國打招呼的時候，經常需要握手。此時要一隻手要放在握手的那隻手上面（手腕和手肘之間），並靠近胸。除了打招呼之外，要遞東西或接東西的時候，如果對方是長輩，也一定要把手放在另一手上面。

② 用餐時

　　用餐時，要等主人或年長者開始吃之後，其他人才可以開動，而且在韓國不會把碗拿在手上用餐。另外要注意的是，湯和飯是用湯匙吃，小菜則用筷子吃。

③ 喝酒時

　　倒酒給長輩的時候，一隻手要搭在另一手上面。接受別人倒酒的時候，要用雙手拿著酒杯。喝酒的時候，要避開對方的視線，身體轉向側邊喝。另外，韓國人習慣把酒倒滿，所以要等對方把酒都喝完之後再倒。

④ 抽菸

　　韓國社會對於抽菸是相當嚴格的，在年長者面前最好不要抽菸，即使想要抽菸，也一定要先得到對方的許可。此外，目前社會上對於女性抽菸還是很反感。

第4章

旅行會話

①

本章將學習搭乘交通工具、抵達住宿、餐廳等地方常
使用的對話，以及在旅行當地必備的各種表達。除了
慣用句之外，也一併整理了常用的相關的單字。

這裡將介紹出發至旅行當地，使用交通工具時會用到的對話。

在機場

跟職員的對話

您旅行的目的是什麼？

여행목적이
Yeohaengmokjeogi
뭡니까？
Mwomnikka

Point　뭡니까？（是什麼？）是무엇입니까？的縮寫。

（我的旅行目的）是觀光。

관광입니다.
Gwangwangimnida

這個也一起記起來！

＊도착합니까？中的ㄱ和ㅎ相遇後，會產生激音變化，而ㅂ和ㄴ相遇後，會產生鼻音變化，因此它的發音就會發成 [도차캄니까]。

你幾點到？

몇시에　도착합니까？
Myeotsie　　Dochakhamnikka

★도착的漢字是「到着」。

我預計下午兩點到。

오후　두시　도착　예정입니다.
Ohu　　Dus i　　Dochak　　Yejeongimnida

★오후的意思是「下午」，두 시的意思是「兩點」，예정的意思是「預計」。

記起來後，使用上會很方便的各種表達

將延遲一個小時。	**한시간 지연되고 있습니다.** Hansigan Jiyeondoego Itseumnida ＊지연的漢字是「遲延」。如果是要表示「一個小時左右」的話是한 시간 정도 [Han Sigan Jeongdo]，表示「接近一個小時」的話，則 是한 시간 가까이 [Han Sigan Gakkai]。

第
4
章

旅
行
會
話
①

我要在哪裡領行李？	**짐은 어디서 찾아요？** Jimeun Eodiseo Chajayo
請幫我換成韓幣。	**원으로 바꿔 주세요.** Woneuro Bakkwo Juseyo

在關稅處的對話

行李內放了什麼？	**가방에 뭐가 들어 있습니까？** Gabange Mwoga Deureo Itseumnikka
有兩瓶酒。	**술 두병 있습니다.** Sul Dubyeong Itseumnida ＊술的意思是「酒」，두 병的意思是「兩瓶」。
我沒有要申報關稅的東西。	**세관 신고할 거 없습니다.** Segwan Singohal Geo Eopseumnida

在出國審查處的對話

請出示護照和登機證。	**여권과 탑승권을 보여 주세요.** Yeogwongwa Tapseunggwoneul Boyeo Juseyo ＊여권 [Yeogwon] 的漢字是「旅卷」。
是，在這裡。	**예, 여기 있습니다.** Ye Yeogi Itseumnida

CD2
2

· 跟鄰近的 ·
人的對話

我要在哪裡搭機場巴士？

리무진 버스는
Rimujin　Beoseuneun

어디서 타요 ?
Eodiseo　　Tayo

就在前面。

바로 앞입니다.
Baro　　Apimnida

Point　바로 앞的意
思是「就在前
面」。

這個也一起記起來！

我要在哪裡買公車票？

버스표는　어디서　사요 ?
Beoseupyoneun　Eodiseo　Sayo

★버스표是「公車票」。「車票」的話，則是승
차권 [Seungchagwon]。

上車再付錢就可以了。

탈　때　지불하시면
Tal　Ttae　Jibulhasimyeon

됩니다.
Doemnida

記起來後，使用上會很方便的各種表達

| 搭乘計程車的地方在哪裡？ | **택시** 타는 곳이 어디예요？
Taeksi Taneun Gosi Eodiyeyo
＊타는 곳 [Taneun Got] 的意思是「搭乘的地方」。 |

替換 語句 使用下面表達來代替「計程車」

| 公車 **버스**
Beoseu | 捷運 **지하철**
Jihacheol | 國內線 **국내선**
Gungnaeseon |

到市區大約要花多少分鐘？	시내까지 몇분쯤 걸려요？ Sinaekkaji Myeotbunjjeum Geollyeoyo ＊쯤的意思是「大約~」，在這裡也可以用정도 [Jeongdo]（程度）。
下一班公車是幾點？	다음 버스는 몇시예요？ Daeum Beoseuneun Myeotsiyeyo
到city飯店要多少錢？	시티호텔까지 요금이 얼마예요？ Sitihotelkkaji Yogeumi Eolmayeyo ＊요금的漢字是「料金」。
要去南大門的話，要搭什麼公車？	남대문에 가려면 어느 버스를 타요？ Namdaemune Garyeomyeon Eoneu Beoseureul Tayo

小知識

首爾的公車

　　首爾的市內公車根據目的來分類和運行。有幹線公車（藍色公車）、支線公車（綠色公車）、廣域公車（紅色公車）、循環公車（黃色公車）。韓國的公車路線很發達，能到達很多捷運無法到達的地方。公車採用先付制度，從前門上車，後門下車。

搭乘地鐵 / 捷運

· 跟站員 ·
的對話

要去東大門的話，
要在哪裡轉乘？

동대문에 가려면
Dongdaemune Garyeomyeon

어디서 갈아타요？
Eodiseo   Garatayo

請在首爾站轉乘四號線。

서울역에서 4호선으로
Seouryeogeseo   Sahoseoneuro

갈아타세요.
Garataseyo

Point 서울역的發音
是 [서울력]。

這個也一起記起來！

T-money在哪裡販賣？

T-money는 어디서 팔아요？
Timeonineun   Eodiseo   Parayo

★「T-money」讀作 [티머니]，是在首爾使用的交通卡。

可以在便利商店買到。

편의점에서도 살 수 있어요.
Pyeonuijeomeseodo   Sal Su   Iseoyo

★편의점 的漢字是「便宜店」。

交通卡要在哪裡儲值？	교통카드는 어디서 충전해요？ Gyotongkadeuneun Eodiseo Chungjeonhaeyo ＊충전的意思是「儲值」。
請給我捷運路線圖。	지하철 노선도를 주세요. Jihacheol Noseondoreul Juseyo
捷運和公車哪一個比較快？	지하철과 버스중 어느것이 빨라요？ Jihacheolgwa Beoseujung Eoneugeonni Ppallayo ＊用싸요 [Ssayo] 代替빨라요的話，意思是變成「比較便宜？」
KTX有到慶州嗎？	KTX는 경주에 갑니까？ KTXNeun Gyeongjue Gamnikka ＊韓國的高速鐵路有分成KTX、新村號和木槿花號三種。
請告訴我停靠站。	정차역을 가르쳐 주세요. Jeongchayeogeul Gareuchyeo Juseyo
去光州的第一班車是幾點？	광주 가는 첫차가 몇시예요？ Gwangju Ganeun Cheotchaga Myeotsiyeyo ＊첫차 [Cheotcha] 是「頭班車」，막차 [Makcha] 則是「末班車」。

第4章 旅行會話①

小知識

交通卡「T-money」

在首爾搭乘公車或捷運時，主要使用「T-money」，這張儲值卡在捷運站或便利商店都買得到。搭乘計程車、使用置物櫃、公共電話（有標示是否可用），還有博物館入場等都可以用此卡來支付。當沒有T-money的時候，也可以購買單次交通卡搭乘捷運，購買單次交通卡需要付保證金500韓幣，此保證金在使用過後可以退還。

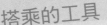

可以同時背的**單字表**

飛機	비행기 Bihaenggi	計程車	택시 Taeksi
直升機	헬리콥터 Hellikopteo	大型計程車	대형 택시 Daehyeong Taeksi
電車	전철 Jeoncheol	租車	렌트카 Renteuka
捷運	지하철 Jihacheol	汽車	자동차 Jadongcha
鐵路	사철 Sacheol	乘用車	승용차 Seungyongcha
特快	특급 Teukgeup	貨車	트럭 Teureok
快車	급행 Geuphaeng	摩托車	오토바이 Otobai
纜車	케이블카 Keibeulka	腳踏車	자전거 Jajeongeo
高速巴士	고속버스 Gosokbeoseu	船	배 Bae
市內公車	시내 버스 Sinae Beoseu	客船	객선 Gaekseon
循環公車	순환 버스 Sunhwan Beoseu	遊艇	유람선 Yuramseon
機場巴士	리무진 버스 Rimujin Beoseu	渡輪	페리 Peri

可以同時背的**單字表** 交通

去處	행선지 Haengseonji
目的地	목적지 Mokjeokji
（車）站	역 Yeok
機場	공항 Gonghang
登機口	탑승구 Tapseunggu
稅關	세관 Segwan
乘車	승차 Seungcha
乘客	승객 Seunggaek
剪票口	개찰구 Gaechalgu
賣票處	매표소 Maepyoso
車站 ＊實際的發音 是[정뉴장]。	정류장 Jeongnyujang
公車總站	버스 터미널 Beoseu Teomineol

高速公路	고속도로 Gosokdoro
收費處	요금소 Yogeumso
港口	항구 Hanggu

相關的動詞和形容詞

走	걷다 Geotda
搭乘	타다 Tada
下車	내리다 Naerida
跑	달리다 Dallida
穿越	건너다 Geonneoda
停下	멈추다 Meomchuda
快點	빨리 Ppalli
慢慢地	천천히 Cheoncheonhi

住宿

這裡將介紹旅遊住宿時，從入住到退房需要的對話。

預約 / 報到

CD2
6

跟服務人員的對話

我想預定這個週末的房間。

이번 주말에 방을
Ibeon Jumare Bangeul
예약하고 싶은데요.
Yeyakhago Sipeundeyo

Point
이번（這次）+ 주말（週末）組成「這週末」。

是的，可以預約。

예, 예약하실 수
Ye Yeyakhasil Su
있습니다.
Itseumnida

Point
예약하다（預約）中ㄱ和ㅎ會產生激音變化後，發音變成[에야카다]。

這個也一起記起來！

入住的時間是幾點？
체크인 시간은 몇시입니까 ?
Chekeuin Siganeun Myeotsiimnikka

從12點開始可以（辦理入住）。
12시부터 가능합니다.
Yeoldusibuteo Ganeunghamnida

★가능하다直譯的話，就是「可能」。

108

我在網路上預約了。	인터넷으로 예약했는데요. Inteoneseuro　Yeyakhaenneundeyo

 **替換　語句** 使用下面表達來代替「在網路上」

透過電話 전화로　　　　　透過傳真 팩스로
　　　　Jeonhwaro　　　　　　　　　　　Paekseuro

一個晚上多少錢？	일박에 얼마예요？ Ilbage　　　Eolmayeyo

可以用信用卡付款嗎？	카드로 지불해도 됩니까？ Kadeuro　Jibulhaedo　Doemnikka ＊지불的漢字是「支付」，意思是「付款」。

可以讓我看房間嗎？	방을 좀 보여 주시겠어요？ Bangeul Jom Boyeo　Jusigeseoyo ＊좀的意思是「稍微」使用於要求或拜託的時候。

可以告訴我您的 姓名嗎？	성함을 알려 주시겠어요？ Seonghameul　Allyeo Jusigeseoyo ＊성함是이름 [ireum]（名字）的敬語。

服務人員的慣用語

請在這裡填寫。	여기에 기입해 주십시오. Yeogie　Giiphae　　Jusipsio ＊여기에的意思是「在這裡」，指的是「在住宿登記卡上」숙박계에 [Sukbakgyee]。

今天已經客滿了。	오늘은 만실입니다. Oneureun　Mansirimnida

· 跟服務人員的對話 ·

Point
也可以改成中국어
[jung gu geo]（中文）或是중국말
[jung gung mal]。

請問有人會說日語嗎？

일본어를 할 수 있는
Ilboneoreul　Hal　Su　Inneun
분이 계세요 ?
Buni　Gyeseyo

我會一點點。

제가 조금 할 줄
Jega　Jogeum　Hal　Jul
압니다.
Amnida

這個也一起記起來！

請給我306號的鑰匙。

306호 열쇠를 주세요.
Sambaengnyuko Yeolsoereul　Juseyo

★ 306 號（삼백육호）也可以讀成 [삼뱅뉴코]。

好的，在這裡。

예, 여기 있습니다.
PYe　Yeogi　Itseumnida

記起來後，使用上會很方便的各種表達

隔壁房間太吵了。	**옆방이 너무 시끄러운데요.** Yeopbangi Neomu Sikkeureoundeyo

 **使用下面表達來代替「隔壁房間」**

房間外面 **방밖이** Bangbakki	水聲 **물소리가** Mulsoriga

請幫我換其他房間。	**다른 방으로 바꿔 주세요.** Dareun Bangeuro Bakkwo Juseyo
房間有點熱。	**방이 좀 더운데요.** Bangi Jom Deoundeyo ＊要表示「冷」的話，則是**추운데요** [Chuundeyo]。
請把房間內的溫度調低。	**방안의 온도를 내려 주세요.** Banganui Ondoreul Naeryeo Juseyo ＊要表示「請調高」，則是**올려 주세요** [Ollyeo Juseyo]。
可以不用打掃。	**청소는 안해도 됩니다.** Cheongsoneun Anhaedo Doemnida
我想使用網路。	**인터넷을 사용하고 싶은데요.** Inteoneseul Sayonghago Sipeundeyo
早餐從幾點開始？	**아침식사는 몇 시부터 해요？** Achimsiksaneun Myeot Sibuteo Haeyo ＊**아침**（早晨）＋**식사**（用餐）組成早餐這個單字。

退房

・跟服務人員的對話

Point 連起來讀的時候，체크아웃的收音人跟ㅎ相遇後，發音變成 [체크아우 태]。

請幫我退房。
체크아웃 해
Chekeuaut Hae
주세요.
Juseyo

請稍等一下。
잠시만 기다려
Jamsiman Gidaryeo
주세요.
Juseyo

這個也一起記起來！

感謝您的幫忙。
잘해 주셔서 감사합니다.
Jalhae Jusyeoseo Gamsahamnida

★直譯的話，就是「謝謝您為我做得這麼好」。

歡迎再次光臨。
또 오십시오.
Tto Osipsio

可以再延長一天嗎？	하루 더 연장할 수 있나요？ Haru Deo Yeonjanghal Su Innayo ＊하루的意思是「一天」。	
請給我收據。	영수증을 주세요. Yeongsujeungeul Juseyo	
請幫我叫計程車。	택시를 불러 주세요. Taeksireul Bulleo Juseyo	
可以寄放行李嗎？	짐을 맡아 주실 수 있어요？ Jimeul Machi Jusil Su Iseoyo ＊맡다的意思是「代為保管」，맡기다 [Matgida] 則是「交給」。	
我會再過來領取。	나중에 찾으러 오겠습니다. Najunge Chajeureo Ogetseumnida ＊這裡除了나중에之外，也可以用점심을 먹고나서 [Jeomsimeul Meokgonaseo]「吃過午餐之後」代替。	
請問您有遺漏什麼東西嗎？	잊으신 것 없으세요？ Ijeusin Geot Eopseuseyo ＊也可以使用것的縮寫版거 [Geo]。	
請問有任何不便之處嗎？	불편하신 거 없으셨어요？ Bulpyeonhasin Geo Eopseusyeoseoyo	
感謝您光臨本飯店。	저희 호텔을 이용해 주셔서 Jeohui Hotereul Iyonghae Jusyeoseo 감사합니다. Gamsahamnida ＊저희（我們）+호텔（飯店）組成本飯店。	

服務人員的慣用語

第4章 旅行會話①

飯店	호텔 Hotel	單人（房）	싱글 Singgeul
旅館	여관 Yeogwan	兩床（房）	트윈 Teuwin
別墅	펜션 Pensyeon	雙人（房）	더블 Deobeul
民宿	민박 Minbak ＊漢字是「民泊」，意思是住在一般家庭內。除了指鄉下的「民宿」之外，也有住宿家庭的意思。	三人（房）	트리플 Teuripeul
預約	예약 Yeyak	服務櫃	프론트 Peuronteu
一晚	일박 Ilbak	緊急出口	비상구 Bisanggu
延長	연장 Yeonjang	報到	체크인 Chekeuin
取消	취소 Chwiso	退房	체크아웃 Chekeuaut
預付	선불 Seonbul	房間號碼	방 번호 Bang Beonho
空房	빈방 Binbang	鑰匙	열쇠 Yeolsoe
暖炕房	오돌방 Ondolbang	貴重物品	귀중품 Gwijungpum
		清算	청산 Cheongsan

可以同時背的**單字表** 住宿 ❷

第4章 旅行會話①

Morning Call	모닝콜 Moningkol
洗澡	샤워 Syawo
洗髮乳	샴푸 Syampu
潤髮乳	린스 Rinseu
牙刷	칫솔 Chitsol
牙膏	치약 Chiyak
髮梳	헤어부러쉬 Heeobeureoswi
浴巾	목욕타올 Mogyoktaol
拖鞋	슬리퍼 Seullipeo

相關的動詞和形容詞	
住宿	묵다 Mukda
睡覺	자다 Jada
起床	일어나다 Ireonada
交給	맡기다 Matgida
借	빌리다 Billida
換	바꾸다 Bakkuda
上鎖	잠그다 Jamgeuda
寬廣	넓다 Neolda
狹小	좁다 Jopda
安靜	조용하다 Joyonghada
吵鬧	시끄럽다 Sikkeureopda

這裡將介紹從決定餐廳到用餐結束的對話。

決定餐廳

你有想吃什麼嗎？	먹고 싶은 게 있어요？
	Meokgo Sipeun Ge Iseoyo

我想吃沒吃過的。	안 먹어본 걸 먹고 싶어요.
	An Meogeobon Geol Meokgo Sipeoyo

有不能吃的嗎？	못 먹는 거 없어요？
	Mot Meongneun Geo Eopseoyo
	＊못 먹는中的收音ㅅ和ㅁ相遇後，會產生鼻音變化，發音也就變成[몬 먹는]。

我不挑食。	음식을 가리지 않습니다.
	Eumsigeul Gariji Ansseumnida
	＊음식을（食物）＋가리다（區分）

我也很能吃辣	매운 것도 잘 먹어요.
	Maeun Geotdo Jal Meogeoyo
	＊잘 먹어요的意思是「很會吃＝喜歡」。

旅遊書上有介紹。	여행안내책에 소개되었어요.
	Yeohaengannaechaege Sogaedoeeoseoyo

那是有名的餐廳。	거기는 유명한 맛집이에요.
	Geogineun Yumyeonghan Matjibieyo
	＊맛집是맛있는 집 [Manninneun Jip]（美味的店家）的縮寫版。

請問有幾位？	몇분이세요？
	Myeotbuniseyo

我們有兩位，有座位嗎？	두명인데요, 자리있어요？
	Dumyeongindeyo, Jariiseoyo
	＊두 명 [Dumyeong] 是「2 位」，세 명 [Semyeong] 是「3 位」，네 명 [Nemyeong] 則是「4 位」。

記起來後，使用上會很方便的各種表達

請給我看菜單。	메뉴 좀 보여 주세요. Menyu Jom Boyeo Juseyo
請給我這個。	이것 주세요. Igeot Juseyo
這是什麼料理呢？	이건 무슨 요리입니까? Igeon Museun Yoriimnikka ＊무슨 요리的發音是 [무슨 뇨리]。

替換　語句　使用以下表達來代替「（什麼）料理呢？」

肉呢？	고기예요？ Gogiyeyo	海鮮呢？	생선이에요？ Saengseonieyo
蔬菜呢？	야채예요？ Yachaeyeyo	調味醬呢？	소스예요？ Soseuyeyo

推薦的菜單是什麼呢？	추천 메뉴는 무엇입니까？ Chucheon Menyuneun Mueonnimnikka ＊추천（推薦）＋메뉴（菜單）組成「推薦的菜單」。
請給我們兩人份的韓式定食。	한정식 2인분 주세요. Hanjeongsik Iinbun Juseyo ＊한정식（韓式定食）是小菜種類的相當豐富的一系列料理。
請問份量有多少呢？	양이 얼마나 되나요？ Yangi Eolmana Doenayo ＊양的漢字是「量」。
請幫我做不辣一點。	덜 맵게 해주세요. Deol Maepge Haejuseyo ＊「덜＋形容詞」的意思是「少～」，「不太～」。

可以同時背起來的**單字表**　食材 ❶

蔬菜	야채 Yachae	大蒜	마늘 Maneul
白菜	배추 Baechu	辣椒	고추 Gochu
蔥	파 Pa	肉	고기 Gogi
小黃瓜	오이 Oi	雞肉	닭고기 Dakgogi
蘿蔔	무 Mu	豬肉	돼지고기 Dwaejigogi
胡蘿蔔	당근 Danggeun	牛肉	소고기 Soegogi
馬鈴薯	감자 Gamja	海鮮	생선 Saengseon
地瓜	고구마 Goguma	帶魚	갈치 Galchi
菠菜	시금치 Sigeumchi	青花魚	고등어 Godeungeo
蕨菜	고사리 Gosari	黃花魚	조기 Jogi
蘑菇	버섯 Beoseot	方頭魚	옥돔 Okdom
萵苣	상추 Sangchu	鱈魚	대구 Daegu

魚貝類	어패류 Eopaeryu
魷魚	오징어 Ojingeo
蝦	새우 Saeu
章魚	문어 Muneo
貝	조개 Jogae
穀物	곡물 Gongmul
米	쌀 Ssal
大麥	보리 Bori
豆	콩 Kong
紅豆	팥 Pat
玉米	옥수수 Oksusu
豆腐	두부 Dubu

雞蛋	계란 Gyeran
牛奶	우유 Uyu
相關的動詞	
烤	굽다 Gupda
炒	볶다 Bokda
蒸	찌다 Jjida
燉	조리다 Jorida
烹煮	삶다 Samda
煮 （湯、水）	끓이다 Kkeurida
切	자르다 Jareuda
炸	튀기다 Twigida
做	짓다 Jitda

第4章 旅行會話 ①

121

可以同時背起來的**單字表**

鍋湯／湯	찌개／탕 Jjigae／Tang	烤物	구이 Gui
牛小腸火鍋	곱창전골 Gopchangjeongol	烤肉	불고기 Bulgogi
火鍋	전골 Jeongol	五花肉	삼겹살 Samgyeopsal
大醬鍋	된장찌개 Doenjangjjigae	烤魚	생선구이 Saengseongui
嫩豆腐鍋	순두부찌개 Sundubujjigae	麵	면 Myeon
泡菜鍋	김치찌개 Gimchijjigae	冷麵	냉면 Naengmyeon
海鮮湯	해물탕 Haemultang	飯	밥 Bap
辣魚湯	매운탕 Maeuntang	碗飯	공기밥 Gonggibap
辣雞肉湯	닭도리탕 Dakdoritang	拌飯	비빔밥 Bibimbap
排骨湯	갈비탕 Galbitang	海苔飯捲	김밥 Gimbap
鱈魚湯	대구탕 Daegutang	粥	죽 Juk
蔘雞湯	삼계탕 Samgyetang	鮑魚粥	전복죽 Jeonbokjuk

第4章 旅行會話 ①

泡菜	김치 Gimchi		飲料	음료수 Eumnyosu
醃蘿蔔	깍두기 Kkakdugi		果汁	주스 Juseu
水泡菜	물김치 Mulgimchi		咖啡	커피 Keopi
蔬菜	나물 Namul		紅茶	홍차 Hongcha
煎物	지짐이 Jijimi		綠茶	녹차 Nokcha
水餃	만두 Mandu		玉米鬚茶	옥수수차 Oksusucha
生魚片	생선회 Saengseonhoe		水	물 Mul
魚糕	오뎅 Odeng		酒	술 Sul
炸物	튀김 Twigim		啤酒	맥주 Maekju
炒年糕	떡볶이 Tteokbokki		燒酒	소주 Soju
雜菜	잡채 Japchae		清酒	청주 Cheongju
豬血腸	순대 Sundae		米酒	막걸리 Makgeolli

餐桌上

跟店員的對話

Point 也有很多人習慣把맞아요說成맞어요 [Majeoyo]。

合您的口味嗎？
입에 맞아요?
Ibe　　Majayo

真的很好吃。
참 맛있어요.
Cham　　Manniseoyo

Point 也經常用아주 [Aju]、정말 [Jeongmal] 等代替참。

這個也一起記起來！

請再給我一碗飯。
공기밥 더 주세요.
Gonggibap Deo　Juseyo

★더（多）＋주세요（請）組成的意思是「請多給」。

好，在這裡。
예, 여기 있습니다.
Ye　Yeogi　　Itseumnida

CD2 17

124

記起來後，使用上會很方便的各種表達

有點辣，不過很好吃。	조금 맵지만 맛있어요. Jogeum Maepjiman Manniseoyo	
湯裡面有什麼？	스프에 뭐가 들어 있어요? Seupeue Mwoga Deureo Iseoyo	
好像不太熟。	덜 익은 것 같아요. Deol Igeun Geot Gachiyo ＊덜（不太～）＋익다（熟）組成的意思是「還煮不夠久」。	
我沒有點這個。	이거 안 시켰는데요. Igeo An Sikyeonneundeyo ＊시키다在這裡的意思是「點餐」。	

跟店員的對話

這個要怎樣吃？	이거 어떻게 먹어요? Igeo Eotteoke Meogeoyo
請搭配醬料吃。	소스에 찍어 먹어요. Soseue Jjigeo Meogeoyo

店員的慣用語

（這個）會燙，請小心。	뜨거우니까 조심하세요. Tteugeounikka Josimhaseyo
味道如何呢？	맛이 어떠세요? Manni Eotteoseyo
請好好享用。	맛있게 드세요. Mannitge Deuseyo

調味料	조미료 Jomiryo	蜂蜜	꿀 Kkul
化學調味料	화학조미료 Hwahakjomiryo	美乃滋	마요네즈 Mayonejeu
鹽	소금 Sogeum	蕃茄醬	케찹 Kechap
胡椒粉	후추 Huchu	醬汁	소스 Soseu
砂糖	설탕 Seoltang	芝麻	깨 Kkae
醬油	간장 Ganjang	芥末	겨자 Gyeoja
醋	식초 Sikcho	辣根	고추냉이 Gochunaengi
醋醬油	초간장 Choganjang	辣椒粉	고추가루 Gochugaru
大醬	된장 Doenjang	佐料	양념 Yangnyeom
辣椒醬	고추장 Gochujang	鰹魚片	가다랭이포 Gadaraengipo
食用油 *實際發音是 [시공뉴]。	식용유 Sigyongyu	海帶	다시마 Dasima
芝麻油	참기름 Camgireum	魚醬 *做泡菜的必備材料	젓갈 Jeotgal

可以同時背起來的**單字表**　餐具

筷子	**젓가락** Jeotgarak
湯匙	**숟가락** Sutgarak
叉子	**포크** Pokeu
刀子	**나이프** Naipeu
碟子	**접시** Jeopsi
碗	**그릇** Geureut
杯子	**컵** Keop
飯勺	**주걱** Jugeok
水壺	**주전자** Jujeonja
茶杯	**찻잔** Chatjan
勺子	**국자** Gukja
筷子和湯匙	**수저** Sujeo

相關的動詞和形容詞	
吃	**먹다** Meokda
喝	**마시다** Masida
剩餘	**남기다** Namgida
涼	**식다** Sikda
肚子餓	**배가 고프다** Baega Gopeuda
肚子飽	**배가 부르다** Baega Bureuda
好吃	**맛있다** Mannitda
辣	**맵다** Maepda
甜	**달다** Dalda
鹹	**짜다** Jjada
苦	**쓰다** Sseuda

第４章　旅行會話①

127

用餐結束

記起來後，使用上會很方便的各種表達

我來付錢。	**제가 낼게요.** Jega　Naelgeyo
我們各自付錢吧。	**각자부담으로 합시다.** Gakjabudameuro　Hapsida ＊각자부담的漢字是「各自負擔」。
下次您請客。	**다음에 한턱 내세요.** Daeume Hancheok Naeseyo ＊한턱 내다的意思是「請客」，連著讀的話會產生鼻音變化，聽起來 　像是 [한텅 내다]。
下次我請客。	**다음 번에는 제가 살게요.** Daeum Beoneneun　Jega　Salgeyo ＊제가（我）＋사다（買，支付）的意思是「請客」。
我們再去續一攤。	**2차 갑시다.** Icha　Gapsida ＊2차的漢字是「2次」，指「二次會面」，也就是續第二攤的意思。
好像算錯錢了。	**계산이 잘못된 것 같아요.** Gyesani Jalmotdoen Geot　Gachiyo ＊시키다在這裡的意思是「點餐」。
店員的慣用語 找您五千元。	**거스름돈 5천원입니다.** Geoseureumdon Ocheonwonimnida ＊거스름 돈（找零）也會省略成거스름來使用。

付錢習慣的不同

　　在台灣，各自付錢是很普遍的事情。不過，韓國人和長輩用餐時，通常是由長輩付錢。約會時普遍是由男生付錢。如果把自己的餐費付清的話，反而會顯得很失禮。沒有經濟能力的學生族通常是各自付錢，不過也有朋友間會用輪流付錢的方式，每次由一個人去結帳，這時候就會說**제가 낼게요**（我來付錢）。

草食男？野獸男？

　　「草食系」或「肉食系」等流行用語由日本傳入，現已普遍被使用，韓語也有類似用法。這裡來介紹幾個在電視劇或年輕人的對話中，經常用來表達男性的有趣用詞。這些都是年輕人創造出來的詞，所以在字典上是查不到的。

美麗的男子

꽃미남 （花美男）
Kkonminam

　　꽃（花）＋미남（美男）組成，意思是「外貌美麗的男子」，可以縮寫成꽃남 [Kkonnam]。

草食系男子

초식남 （草食男）
Chosingnam

　　這是詞是由日本的「草食系男子」傳入韓國，此類男人不會展現男性堅強的一面，積極參與感興趣的活動（취미활동에 적극적），對戀愛卻顯得很消極（연애에는 소극적）。

肉食系男子

짐승남 （野獸男）
Jimseungnam

　　這是草食系相反的類型，漢字是「野獸男」，指的是肌肉發達，具有男性魅力的男性。野獸派的的偶像團體稱為짐승같은 아이돌，可以縮寫為짐승돌 [Jimseungdol]。

療癒系男子

훈남 （暖男）
Hunnam

　　보기만해도 훈훈해지는 남자（只要看著，心就會跟著溫暖的男子），也就是療癒系男子。훈훈하다 是形容詞，意思是「溫度暖烘烘，氣氛也很溫和」，漢字是「薰薰하다」。

第 5 章

旅行會話 ②

在這一章中，將學習在觀光和購物的時候會使用到的對話，以及在旅行時的必備表達，包括失竊、事故、健康等跟紛爭有關的常用句。

購物

這裡將介紹在市場和百貨公司購物時必備的對話。

尋找店家

CD2
21

그림엽서는 어디서 살 수 있어요 ?

在哪裡可以買到圖畫明信片？

Geurimnyeopseoneun Eodiseo Sal Su Iseoyo

＊그림엽서（圖畫明信片）的發音是[그림녑서]，풍경엽서是風景明信片。

替換 語句 使用下面表達來代替「圖畫明信片」

電視劇 TV드라마DVD는
TV Deurama DVD Neun

乾電池 건전지는
Geonjeonjineun

暈車藥 멀미약은
Meolmiyageun

한복을 맞추고 싶은데요.

我想訂做韓服。

Hanbogeul Matchugo Sipeundeyo

＊맞추다 [Matchuda] 的意思是「訂做」，表示是量身製作。

시장에도 가보고 싶어요.

我也想去市場看看。

Sijangedo Gabogo Sipeoyo

＊시장的漢字是「市場」。

잡지에 게재된 화장품을 사고

我想買刊登在雜誌上的化妝品。

Japjie Gejaedoen Hwajangpumeul Sago

싶어요.

Sipeoyo

＊화장품的漢字是「化妝品」，잡지的漢字是「雜誌」，게재的漢字是「揭載」。

第5章 旅行會話 ②

小知識

韓國的傳統服裝

韓國的傳統服裝稱作「韓服」한복 [Hanbok]。女性的韓服由是裙子（치마 [cima]）和上衣（저고리 [Jeogori]）組合而成，又稱為「衣裙」。男性的服裝則是由褲子（바지 [Baji]）和上衣組成，稱為「褲衣」。

找商品

跟店員的對話

您要找什麼？
무얼 찾으세요？
Mueol Chajeuseyo

我只是看看。
그냥 구경만 하고 있습니다.
Geunyang Gugyeongman Hago Itseumnida

Point 韓文的「樹窗購物（window shopping）」也可以用아이 쇼핑 [Ai shopping]（eye shopping）來表示。

這個也一起記起來！

有皮質錢包嗎？
가죽 지갑은 있어요？
Gajok Jigabeun Iseoyo

★가죽是「皮質」，지갑是「錢包」。

有的，請到這邊來。
예, 이쪽으로 오세요.
Ye Ijjogeuro Oseyo

記起來後，使用上會很方便的各種表達

請給我看一下這個。	**이거** 좀 보여 주세요. Igeo Jom Boyeo Juseyo

 **替換** **語句**　使用下面表達來代替「這個」

那個 **저거**
Jeogeo

*이거（這個）、저거（那個）分別是이것
[Igeot]、저것 [Jeogeot] 的縮寫。

別的顏色 **다른 색깔도**
Dareun Saekkkaldo

在那邊的那個 **저기 있는 거**
Jeogi Inneun Geo

這是什麼材質？	소재는 뭐예요 ? Sojaeneun Mwoyeyo
我去別家店看看再來。	다른 가게도 들어보고 올게요. Dareun Gagedo Deulleobogo Olgeyo
太華麗了，有點…	너무 화려해서 좀... Neomu Hwaryeohaeseo Jom
拿別的給您看看嗎？	다른 것도 보여 드릴까요 ? Dareun Geotdo Boyeo Deurilkkayo
可以在家裡洗嗎？	집에서 빨 수 있나요 ? Jibeseo Ppal Su Innayo
不能放洗衣機洗。	세탁기에 넣고 빨면 안돼요. Setakgie Neoko Ppalmyeon Andwaeyo

跟店員的對話

第 5 章　旅行會話 ②

135

CD2
23

跟店員的對話

這個可以試穿嗎？

이거 입어 봐도 돼요?
Igeo　Ibeo　Bwado　Dwaeyo

Point
直譯的話，就是「這個可以穿看看嗎？」。

可以的，請到這邊來試穿。

네, 이쪽에서 입어 보세요.
Ne　Ijjogeseo　Ibeo
Boseyo

FITTING ROOM

這個也一起記起來！

您覺得如何？
어떠세요?
Eotteoseyo

大小剛剛好。
사이즈는 딱 맞아요.
Saijeuneun　Ttak　Majayo

★딱 맞아요雖然是分開寫，不過因為要連讀，所以會產生鼻音變化，也就說發音是 [땅 마자요]。

記起來後，使用上會很方便的各種表達

適合嗎？	**어울리나요？** Eoullinayo
好像有一點大。	**좀 큰 것 같아요.** Jom Keun Geot Gachiyo ＊「好像小一點」是작은 것 같아요 [Jageun Geot Gachiyo]。
有沒有小一點的？	**좀 더 작은 사이즈는 없어요？** Jom Deo Jageun Saijeuneun Eopseoyo ＊「大尺寸」是큰 사이즈 [Keun Saijeu]。
要不要幫您量尺寸？	**사이즈를 재 주실래요？** Saijeureul Jae Jusillaeyo
我喜歡這個設計。	**디자인은 마음에 들었는데요.** Dijaineun Maeume Deureonneundeyo
有沒有其他顏色？	**다른 색깔은 없어요？** Dareun Saekkkareun Eopseoyo

 **替換 語句** 使用下面表達來代替「顏色」

尺寸 **사이즈는**
Saijeuneun

設計 **디자인은**
Dijaineun

材質 **소재는**
Sojaeneun

花紋 **무늬는**
Munuineun

第 5 章　旅行會話 ②

顏色	색 Saek	材質	소개 Sojae
紅色	빨간 색 Ppalgan Saek	棉	면 Myeon
粉紅色	핑크 색 Pingkeu Saek	絲	견 Gyeon
橘色	오렌지 색 Orenji Saek	麻	마 Ma
黃色	노란 색 Noran Saek	毛	모 Mo
綠色	녹색 Noksaek	人造纖維	레이온 Reion
藍色	파란 색 Paran Saek	聚酯	폴리에스테르 Pollieseutereu
紫色	보라색 Borasaek	絨面革	스웨이드 Seuweideu
棕色	갈색 Galsaek	皮質	가죽 Gajuk
黑色	검은 색 Geomeun Saek	毛皮	모피 Mopi
灰色	회색 Hoesaek	人造皮	인조 모피 Injo Mopi
白色	흰색 Hoensaek	羽絨	오리털 Oriteol

紋樣	무늬 Munui
條紋	줄 무늬 Jul Munui
水點紋	물방울 무늬 Mulbangul Munui
花紋	꽃 무늬 Kkot Munui
動物圖紋	동물 무늬 Dongmul Munui
格紋	체크 무늬 Chekeu Munui
單色格紋	깅검 체크 Ginggeom Chekeu
線條格紋	타탄 체크 Tatan Chekeu
無花紋	무지 Muji
圖案	모양 Moyang
設計	디자인 Dijain
流行	유행 Yuhaeng

	相關的形容詞
大	크다 Keuda
小	작다 Jakda
長	길다 Gilda
短	짧다 Jjalda
柔軟	부드럽다 Budeureopda
硬	딱딱하다 Ttakttakhada
輕	가볍다 Gabyeopda
重	무겁다 Mugeopda
滑	매끄럽다 Maekkeureopda
薄	얇다 Yalda
厚	두껍다 Dukkeopda

第 5 章 旅行會話 ②

CD2
26

衣服	옷 Ot	襯衫	티셔츠 Tisyeocheu
女裝	부인복 Buinbok	背心	탱크 톱 Taengkeu Top
男裝	신사복 Sinsabok	睡衣	잠옷 Jamot
童裝	아동복 Adongbok	襪子	양말 Yangmal
韓服	한복 Hanbok	內衣	속옷 Sogot
洋裝	원피스 Wonpiseu	長袖	긴팔 Ginpal
西裝	양복 Yangbok	短袖	반팔 Banpal
裙子	치마 Cima	**相關的動詞**	
褲子	바지 Baji	穿（衣服）	입다 Ipda
牛仔褲	청바지 Cheongbaji	穿（鞋子）	신다 Sinda
外套	자켓 Jaket	脫	벗다 Beotda
短上衣	블라우스 Beullauseu	換（衣服）	갈아입다 Garaipda

帽子	모자 Moja	配件	악세사리 Aksesari
手套	장갑 Janggap	戒指	반지 Banji
皮質製品	가죽제품 Gajukjepum	項鍊	목걸이 Mokgeori
鞋子	구두 Gudu	雨傘	우산 Usan
錢包	지갑 Jigap	陽傘	양산 Yangsan
腰帶	벨트 Belteu	品牌	브랜드 Beuraendeu
包包	가방 Gabang	**相關動詞和形容詞**	
手拿包	핸드백 Haendeubaek	接觸	만지다 Manjida
手錶	손목 시계 Sonmok Sigye	戴	끼다 Kkida
手帕	손수건 Sonsugeon	比較	비교하다 Bigyohada
絲巾	스카프 Seukapeu	華麗	화려하다 Hwaryeohada
領帶	넥타이 Nektai	樸素	수수하다 Susuhada

第5章 旅行會話 ②

挑禮物

跟店員的對話

我在挑禮物。

선물을 찾고
Seonmureul Chatgo
있어요.
Iseoyo

您想送給誰？

누구한테 드릴
Nuguhante　　Deuril
거예요 ?
geoyeyo

Point 對人的助詞是에게，口語中則經常使用한테。

這個也一起記起來！

濟州島的特產是什麼？

제주도　특산물은　뭐예요 ?
Jejudo　　Teuksanmureun　　Mwoyeyo

★특산물的意思是「特產」。

要給公司同事的話，哪種比較好？

회사　동료에게는
Hoesa　　Dongnyoegeneun
어떤　게　좋나요 ?
Eotteon　Ge　　Jonnayo

★동료（同事）的發音是[동뇨]。

142

請幫我挑不重的。	무겁지 않은 걸로 골라 주세요. Mugeopji Aneun Geollo Golla Juseyo
不會很容易摔破吧？	쉽게 깨지지는 않을까요？ Swipge Kkaejijineun Aneulkkayo
請確認有效期限。	유통기간을 확인해 주세요. Yutonggiganeul Hwaginhae Juseyo ＊유통기간的漢字是「流通期間」，也就是有效期限。
有韓國特色的東西不錯。	한국적인 것이 좋아요. Hangukjeogin Geonni Joayo
傳統點心如何呢？	전통한과는 어떠세요？ Jeontonghangwaneun Eotteoseyo ＊韓國的傳統點心전통한과的漢字是「傳統韓菓」。
有什麼傳統工藝品？	전통 공예품은 어떤 게 있어요？ Jeontong Goyepumeun Eotteon Ge Iseoyo ＊전통的漢字是「傳統」，공예품的漢字是「工藝品」。
有螺鈿漆器、韓紙、陶瓷等。	나전칠기, 한지, 도자기등이 있어요. Najeonchilgi, Hanji, Dojagi Deungi Iseoyo

跟店員的對話

第5章 旅行會話②

小知識

傳統風格濃郁的藝術之街－仁寺洞

在首爾的中心鐘路（종로 [Jongno]）區除了有古代宮殿和歷史遺址之外，還有很多語言補習班、旅行社和餐廳。這一條相當繁華的路，往北延伸出去就是仁寺洞（인사동 [Insadong]）。仁寺洞有數不清的傳統工藝和陶器的店家，同時也有許多傳統茶屋，可以來這裡買喜歡的茶當做禮物。

挑禮物

跟店員的對話

總共是多少錢？

다 합쳐서 얼마예요 ?
Da Hapchyeoseo Eolmayeyo

10 萬 5 千元。

10만 5천원입니다.
Simman Ocheonwonimnida

Point
10 萬的寫法雖然是
심만，不過因為產生
鼻音變化，發音會變
成 [심만]。

這個也一起記起來！

不能算便宜一點嗎？

좀 더 싸게 안될까요 ?
Jom Deo Ssage Andoelkkayo

★在市場是可以討價還價的，而百貨公司因為價格
是規定好的，無法殺價。

只能少算5千元。

5천원만 깎아 드릴게요.
Ocheonwonman Kkakka Deurilgeyo

我買兩個，請算便宜一點。	두개 사니까 싸게 해주세요. Dugae Sanikka Ssage Haejuseyo

替換　語句　使用下面表達來代替「我買兩個」

也買了這個	이것도 사니까 Igeotdo Sanikka	因為褪色了	색이 바랬으니까 Saegi Baraeseunikka

比預想的貴很多啊。	생각보다 많이 비싸네요. Saenggakboda Mani Bissaneyo ＊「比其他店」的韓語是다른 가게보다 [Dareun Gageboda]。

請幫忙包裝成送禮用的。	선물용으로 포장해 주세요. Seonmuryongeuro Pojanghae Juseyo ＊ 선물용（送禮的）的發音是 [선물룡]。

請幫忙包裝好，以免打碎。	안 깨지게 잘 싸 주세요. An Kkaejige Jal Ssa Juseyo

這個品質很好，所以算是便宜的了。	품질이 좋으니까 싼 편이에요. Pumjiri Joeunikka Ssan Pyeonieyo ＊품질的漢字是「品質」。

雖然無法算便宜，但是會給您很多贈品。	깎아주지는 못하지만 덤을 많이 Kkakkajujineun Mothajiman Deomeul Mani 드릴게요. Deurilgeyo ＊덤을（贈品）＋많이（很多）＋드릴게요（呈上）組成的意思是「送您很多贈品」。

這個也當贈品送給您。	이것도 덤으로 드릴게요. Igeotdo Deomeuro Deurilgeyo

跟店員的對話

藥果	약과 Yakgwa

麵粉加上芝麻油、蜂蜜、酒、生薑汁等後攪拌好,再放進油內炸。

油菓 ＊也稱 為유밀과 [Yumilgwa] （油蜜菓）。	유과 Yugwa

抽揉糯米粉後,放入油炸,凝固後,再塗上粉。

繭餅	강정 Gangjeong

黑芝麻、野芝麻、芝麻、大豆、松果等加糖使之固定,再切塊。

蒸糕	시루떡 Sirutteok

用粳米跟糯米混合成的米粉來做。

松餅	송편 Songpyeon

米粉揉皮後,放入豆、芝麻、栗子等,再包上松葉放在蒸器上蒸。這是韓國中秋會吃的食物。

藥飯	약식／약밥 Yaksik／Yakbap

糯米內加入蜂蜜、芝麻油、醬油等來調味,也會放栗子、棗或松果等等來一起煮。這是有甜味的糯米飯。

可以同時背的**單字表** 禮物

陶瓷	도자기 Dojagi
古董	골동품 Goldongpum
包袱 （韓國的傳統包袱）	보자기 Bojagi
免稅品	면세품 Myeonsepum
化妝品	화장품 Hwajangpum
工藝品	공예품 Gongyepum
紀念品	기념품 Ginyeompum
鑰匙吊飾	열쇠걸이 Yeolsoegeori
吊飾	스트랩 Seuteuraep
玩具	장난감 Jangnangam
人偶	인형 Inhyeong
圖畫明信片	그림 엽서 Geurim Yeopseo

CD	씨디 Ssidi
書	책 Chaek
寫真集 （相本）	사진집 Sajinjip
字典	사전 Sajeon

相關的動詞和形容詞

挑選	고르다 Goreuda
買	사다 Sada
支付	지불하다 Jibulhada
包裝	포장하다 Pojanghada
送出	보내다 Bonaeda
（價格）貴	비싸다 Bissada
便宜	싸다 Ssada

第 5 章 旅行會話 ②

觀光 / 娛樂

這裡將介紹觀光、娛樂、美容時的必備會話。

在觀光服務處

· 跟服務人員的對話 ·

這附近有值得去的地方嗎？
이 근처에 갈 만한
I　Geuncheoe　Gal　Manhan
곳이 있어요 ?
Gosi　　Iseoyo

歷史博物館如何？
역사박물관은
Yeoksabangmulgwaneun
어때요 ?
Eottaeyo

Point 박물관（博物館）的ㄱ和ㅁ會產生鼻音變化，發音變成 [방물관]。

這個也一起記起來！

我想看韓國的農村景色。
한국의　시골풍경을
Hangugui　Sigolpunggyeongeul
보고　싶은데요.
Bogo　　Sipeundeyo

★시골是「農村」，풍경是「風景」。

那麼，請去民俗村。
그러면　민속촌에　가보세요.
Geureomyeon　Minsokchone　　Gaboseyo

請給我看行程手冊。	**투어 팜플렛을 보여 주세요.** Tueo Pampeulleseul Boyeo Juseyo
有電影拍攝景點的行程嗎？	**영화 촬영지 투어는 있어요？** Yeonghwa Chwaryeongji Tueoneun Iseoyo ＊촬영지（拍攝場所）＋투어（行程），意思是「拍攝場景行程」
在濟州島要去哪裡參觀比較好呢？	**제주도에서는 어디를 구경하면** Jejudoeseoneun Eodireul Gugyeonghamyeon **좋을까요？** Joeulkkayo
我想參加製作泡菜的體驗行程。	**김치 담그기 체험 투어에** Gimchi Damgeugi Cheheom Tueoe **참가하고 싶어요.** Chamgahago Sipeoyo ＊체험的漢字是「體驗」，참가的漢字是「參加」。
可以幫我拍照嗎？	**사진을 좀 찍어 주시겠어요？** Sajineul Jom Jjigeo Jusigeseoyo
可以在這裡拍照嗎？	**여기서 사진 찍어도 돼요？** Yeogiseo Sajin Jjigeodo Dwaeyo

第5章 旅行會話②

民俗村

　　在韓國有許多介紹傳統文化的民俗村。首爾的近郊水原（**수원** [Suwon]）有韓國民俗村，而慶州（**경주** [Gyeongju]）也有好幾個民俗村。特別推薦的是位於慶尚北道的安東（**안동** [Andong]）河回村（**하회마을** [Hahoemaeul]）的民俗村。那裡是歷史古蹟勝地，保留著從朝鮮時代建造並聚集的村落模樣。

可以同時背的單字表 地名

*韓國的行政區分以道（道）作區分。本頁整理了各個道的道廳所在地。

京畿道 ①	경기도 Gyeonggido
水原市	수원시 Suwonsi
江原道 ②	강원도 Gangwondo
春川市	춘천시 Chuncheonsi
忠清北道 ③	충청북도 Chungcheongbukdo
清州市	청주시 Cheongjusi
忠清南道 ④	충청남도 Chungcheongnamdo
大田廣域市	대전 광역시 Daejeon Gwangyeoksi
慶尚北道 ⑤	경상북도 Gyeongsangbukdo
大邱廣域市	대구 광역시 Daegu Gwangyeoksi
慶尚南道 ⑥	경상남도 Gyeongsangnamdo
昌原市	창원시 Changwonsi

全羅北道 ⑦	전라북도 Jeollabukdo
全州市	전주시 Jeonjusi
全羅南道 ⑧	전라남도 Jeollanamdo
務安郡	무안군 Muangun
濟州道 ⑨	제주도 Jejudo
濟州市	제주시 Jejusi

行政區圖及主要城市

首爾 서울 Seoul

仁川 인천 Incheon

大田 대전 Daejeon

光州 광주 Gwangju

大邱 대구 Daegu

釜山 부산 Busan

可以同時背的**單字表** 觀光地名

首爾		
明洞	**명동** Myeongdong 首爾商店跟餐廳最擁擠的繁華街道。	
新村	**신촌** Sinchon 位於延世大學附近，相當有活力的學生聚集地。	
南大門	**남대문** Namdaemun 韓國最大的綜合市場區。	
東大門	**동대문** Dongdaemun 跟南大門一樣，是市場規模很大的地區。	
梨泰院	**이태원** Itaewon 屬於美軍基地，是國際特色很濃的地區。	
狎鷗亭洞	**압구정동** Apgujeongdong 位於江南，是最時尚的繁華街道。	
汝矣島	**여의도** Yeouido 位於漢江的中心，也是韓國經濟的中心地。	
雪嶽山	**설악산** Seoraksan 被定為國家公園，也是自然的寶庫。	

大田	俗離山 實際發音是 [송리산]	**속리산** Songnisan 位於忠清北道和慶尚北道的境內，屬於國立公園。
慶州	大陵苑	**대릉원** Daereungwon 位於慶州市中心，是古蹟很密集的公園
	瞻星台	**첨성대** Cheomseongdae 7世紀打造的東洋最古老的天文台。
釜山	龍頭山公園	**용두산공원** Yongdusangongwon 超過100年歷史以上，跟市民很親近的公園。
	札嘎其市場	**자갈치시장** Jagalchisijang 到處都是賣新鮮海產的店家，是釜山的海產市場。
	海雲臺	**해운대** Haeundae 釜山最大的海水浴場，也是有名的渡假村。
安東	河回村	**하회마을** Hahoemaeul 保存了500年前傳統房屋的民俗村。
	智異山	**지리산** Jirisan 橫跨全羅南道和慶尚南道的名山。

第5章 旅行會話 ②

娛樂

· 跟朋友的對話

Point 사물놀이是四種韓國傳統的樂器的表演，其發音是[사물로리]。

我想看韓國傳統樂器表演。
사물놀이를 보고
Samullorireul Bogo
싶어요.
Sipeoyo

在國家劇院可以看得到。
국립극장에서
Gungnipgeukjangeseo
볼 수 있어요.
Bol Su Iseoyo

Point 국립（國立）＋극장（劇院），其發音是［궁닙극쨩］。

這個也一起記起來！

要不要去看電影？
영화를 보러 갈까요？
Yeonghwareul Boreo Galkkayo

現在有什麼上映呢？
지금 뭐가 상영중이죠？
Jigeum Mwoga Sangyeongjungijyo

★죠？是지요？的縮寫，這是比較溫和的疑問表達。

記起來後，使用上會很方便的各種表達

我在日本預訂了票。	**일본에서 티켓을 예약했어요.** Ilboneseo Tikeseul Yeyakhaeseoyo
主角是哪位演員？	**주연 배우가 누구예요?** Juyeon Baeuga Nuguyeyo ＊주연（主演）＋배우（演員）組成「主演演員」。
我聽不懂台詞。	**대사를 못 알아듣겠어요.** Daesareul Mot Aradeutgeseoyo ＊대사（台詞）的漢字是「台詞」。
我想讀原著。	**원작을 읽어보고 싶어요.** Wonjageul Ilgeobogo Sipeoyo ＊원작的意思就是「原著」
我還沒看過亂打秀。	**NANTA를 아직 못 봤어요.** Nantaneul Ajik Mot Bwaseoyo ＊NANTA（난타，亂打）是以廚用具作為樂器的表演。

字幕和配音，你要看哪一種？	**자막과 더빙중 어느 쪽으로** Jamakgwa Deobingjung Eoneu jogeuro **볼래요?** Bollaeyo ＊자막的漢字是「字幕」。더빙是外來語，英語是「dubbing」，也就是配音。
即使聽不懂，也能感受樂趣。	**못 알아들어도 즐길 수 있어요.** Mot Aradeureodo Jeulgil Su Iseoyo

小知識

聚集劇場的藝術街—惠化

　　捷運4號線的惠化站（혜화 [Hyehwa]）周圍都是現代藝術的街道。一走出車站，就會看到貼得密密麻麻的劇場廣告海報或看板，這裡跟明洞或鐘路呈現完全不同的氣氛。1975年從首爾大學所在地開始稱那條路為「大學路（대학로 [Daehangno]）」，這裡以馬羅尼矣公園的戶外劇場為主，聚集了無數個小劇場。

跟朋友
的對話

我想做皮膚保養。
피부 관리를
Pibu　　Gwallireul
받고 싶어요.
Batgo　Sipeoyo

Point

피부 관리（皮膚管理）的意思是「皮膚保養」，其發音是 [피부 꽐리]。

這附近有不錯的店。
이 근처에 잘하는
I　　Geuncheoe　Jalhaneun
데가 있어요.
Dega　　Iseoyo

這個也一起記起來！

有推薦的汗蒸幕嗎？
찜질방 좀 추천해 주시겠어요 ?
Jjimjilbang　Jom Chucheonhae　Jusigeseoyo

★直譯的話，就是「可以推薦一下汗蒸幕嗎？」。

入場費是多少錢？
입장 요금이 얼마예요 ?
Ipjang　Yogeumi　Eolmayeyo

★입장 요금（入場費）連起來讀的話，發音變成 [입장뇨금]。

請幫我搓澡。	**때를 밀어 주세요.** Ttaereul Mireo Juseyo	

더 세게 해도 괜찮아요.
Deo Sege Haedo Gwaenchanayo

可以再用力一點。

좀 아파요. 약하게 해주세요.
Jom Apayo Yakhage Haejuseyo

有點痛，請輕一點。

＊這句話的意思是「請溫柔一點，小力一點。」。除此之外，還可以用**살살해 주세요** [Salsalhae Juseyo] 來表達。

여기에 누우세요.
Yeogie Nuuseyo

請躺在這裡。

＊**눕다** [Nupda]（躺）是屬於ㅂ不規則變化動詞。

엎드리세요.
Eopdeuriseyo

請趴著。

안 아프세요?
An Apeuseyo

會痛嗎？

만성피로에 효능이 있어요.
Manseongpiroe Hyoneungi Iseoyo

對慢性疲勞有效。

跟店員的對話

 替換　語句　使用下面表達來代替「對慢性疲勞」

對婦女病 **부인병에**
Buinbyeonge

對皮膚美容 **피부미용에**
Pibumiyonge

小知識

相當受歡迎的韓國桑拿浴

韓國式的桑拿浴稱為「汗蒸幕」（**한증막** [Hanjeungmak]），是在由石頭打造的圓頂內燒松木等燃料，等達到一定的溫度之後，再把水澆在燃料上，那時候產生的水蒸氣就會使浴室變得潮濕。

可以同時背的**單字表** 觀光

觀光地	관광지 Gwangwangji	民俗村	민속촌 Minsokchon
觀光地圖	관광 지도 Gwangwang Jido	歷史遺址	사적 Sajeok
觀光服務處	관광 안내소 Gwangwang Annaeso	遺址	유적 Yujeok
體驗行程	체험 투어 Cheheom Tueo	古宮	고궁 Gogung
美食	미식 Misik	寺	절 Jeol
宮中料理 ＊實際的發音是 [궁중노리]。	궁중요리 Gungjungyori	韓屋 （韓國的傳 統房屋）	한옥 Hanok
拍攝場景	촬영지 Chwaryeongji	歷史博物館	역사박물관 Yeoksabangmulgwan
攝影	촬영 Chwaryeong	展覽館	전시관 Jeonsigwan
活動	행사 Haengsa	紀念館	기념관 Ginyeomgwan
夜景	야경 Yagyeong	傳統工藝	전통공예 Jeontonggongye
		傳統音樂	전통음악 Jeontongeumak
		慶典	축제 Chukje

可以同時背的**單字表** 娛樂

演唱會	**콘서트** Konseoteu		海水浴場	**해수욕장** Haesuyokjang
農樂	**농악** Nongak		汗蒸幕	**한증막** Hanjeungmak
假面舞	**탈춤** Talchum		皮膚保養	**피부 관리** Pibu Gwalli
舞蹈	**무용** Muyong		按摩	**마사지** Masaji
上映	**상영** Sangyeong		針灸	**침** Chim
上演	**상연** Sangyeon		漢方藥	**한약** Hannyak
開場	**개장** Gaejang		**相關的動詞**	
開演	**개연** Gaeyeon		導覽	**안내하다** Annaehada
話劇	**연극** Yeongeuk		口譯	**통역하다** Tongyeokhada
遊戲	**게임** Geim		詢問	**물어보다** Mureoboda
網咖	**PC방** Piseubang		拍（照片）	**(사진을)찍다** (Sajineul) Jjikda
高爾夫球場	**골프장** Golpeujang		參觀	**구경하다** Gugyeonghada

第 5 章 旅行會話 ②

麻煩

這裡將介紹東西遭竊、遺失，發生事故或災害以及在醫院時必備對話。

失竊／遺失

・跟負責人・
的對話

我的錢包被偷了。
지갑을 도둑
Jigabeul　　Doduk
맞았어요.
　　Majaseoyo

Point

도둑（小偷）＋맞다（遇到），連起來讀的話，發音就是「도둥마따」。

請向警察報案。
경찰에 피해신고하세요.
Gyeongchare　　Pihaesingohaseyo

這個也一起記起來！

我把手機忘在捷運上了。
지하철에 휴대폰을
Jihacheore　　Hyudaeponeul
놓고 내렸어요.
Noko　　Naeryeoseoyo

★휴대（携帶）＋폰（phone），就是「手機」。

您在哪一站下車？
어느 역에서 내리셨어요?
Eoneu　　Yeogeseo　　Naerisyeoseoyo

記起來後，使用上會很方便的各種表達

請幫我叫警察。	**경찰을 불러 주세요.** Gyeongchareul Bulleo　Juseyo ＊韓國警察的電話號碼是「112」。
我遺失了護照。	**여권을** 분실했는데요. Yeogwoneul Bunsilhaenneundeyo ＊분실的漢字是「紛失」。

 **語句** 使用下面表達來代替「護照」

飯店鑰匙 **호텔 열쇠를** hotelYeolsoereul	機票 **항공권을** Hanggonggwoneul
信用卡 **신용카드를** Sinnyongkadeureul	電子字典 **전자 사전을** JeonjaSajeoneul

可以向哪裡聯絡？	**어디에 연락하면 됩니까？** Eodie Yeollakhamyeon Doemnikka
我不知道在哪裡遺失。	**어디서 잃어버렸는지 모르겠어요.** Eodiseo　Ireobeoryeonneunde　Moreugeseoyo
請告訴我失物中心的電話號碼。	**유실물센터 전화번호를** Yusilmulsenteo Jeonhwabeonhoreul **가르쳐 주세요.** Gareuchyeo Juseyo ＊유실물的漢字是「遺失物」。
找到的話，請跟這裡聯絡。	**찾으면 여기로 연락해주세요.** Chajeumyeon Yeogiro　Yeollakhaejuseyo
我馬上就去找。	**곧 찾으러 가겠습니다.** Got Chajeureo　Gagetseumnida

第5章　旅行會話②

159

跟附近的人的對話

請幫幫忙。
살려 주세요.
Sallyeo Juseyo

Point 這是使用살리다（救活）的敬語表達。

有什麼事情嗎？
무슨 일이 있었어요？
Museun Iri Iseoseoyo

Point 무슨 일的發音是[무슨 닐]。

這個也一起記起來！

有人突然昏倒了。
사람이 갑자기
Sarami Gapjagi
쓰러졌어요.
Sseureojyeoseoyo

我叫救護車了。
구급차를 불렀어요.
Gugeupchareul Bulleoseoyo

記起來後，使用上會很方便的各種表達

大事不好了！	**큰 일이야 !** Keun Iriya	
失火了！	**불이야 !** Buriya ＊불的意思有很多種，如「火」，「電氣」，「明亮」，「火災」等等。	
救人呀！	**사람 살려 !** Saram Sallyeo ＊（人）＋（救活）的意思是「請幫忙!」，這是屬於半語的表達。	
正在冒煙。	**연기가 나고 있어요.** Yeongiga Nago Iseoyo ＊연기的漢字是「煙氣」。	
從樓梯上摔了下來。	**계단에서 떨어졌어요.** Gyedaneseo Tteoreojyeoseoyo	
沒有受傷。	**다치지는 않았습니다.** Dachijineun Anatseumnida	
被汽車撞到了。	**자동차에 부딪혔어요.** Jadongchae Budithyeoseoyo	
請幫忙叫救護車。	**구급차에 불러 주세요.** Gugeupchareul Bulleo Juseyo	

負責人的慣用語

請往這邊避難。	**이쪽으로 피난해 주세요.** Ijjogeuro Pinanhae Juseyo	
請由緊急出口出去。	**비상구를 통해서 밖으로 나가세요.** Bisanggureul Tonghaeseo Bakkeuro Nagaseyo ＊請確認飯店等地方標示的비상구（緊急出口）。	

失竊	도난 Donan	災害	재해 Jaehae
失竊申報	도난신고 Donan Sigo	火災	화재 Hwajae
遺失	분실 Bunsil	煙	연기 Yeongi
護照	여권 Yeogwon	滅火器	소화기 Sohwagi
機票	항공권 Hanggonggwon	地震	지진 Jijin
再發行	재발행 Jaebalhaeng	避難	피난 Pinan
偷竊	절도 Jeoldo	受傷	부상 Busang
威脅	협박 Hyeopbak	受害	피해 Pihae
扒手	소매치기 Somaechigi	受害申報	피해신고 Pihaesingo
強盜	강도 Gangdo	故障	고장 Gojang
犯人	범인 Beomin	修理	수리 Suri
逮捕	체포 Chepo	交通事故	교통 사고 Gyotong Sago

CD2
42

受害者	피해자 Pihaeja
加害者	가해자 Gahaeja
保險	보험 Boheom
違反	위반 Wiban
聯絡方式	연락처 Yeollakcheo
緊急狀況	비상 사태 Bisang Satae
危險	위험 Wiheom
安全	안전 Anjeon
生病	병 Byeong
救護車	구급차 Gugeupcha
日本大使館	일본대사관 Ilbondaesagwon
日本領事館	일본영사관 Ilbonnyeongsagwan

相關的動詞和形容詞

碰撞 *實際的發音是 [부디치다]	부딪히다 Budithida
摔倒	넘어지다 Neomeojida
昏倒	쓰러지다 Sseureojida
受傷	다치다 Dachida
疼痛	아프다 Apeuda
遭小偷 *連讀的發音是 [도둥 마따]	도둑 맞다 Doduk Matda
遺失	잃다 Ilta
報案	신고하다 Singohada
尋找	찾다 Chatda
摔壞	깨지다 Kkaejida
發生故障	고장나다 Gojangnada

第5章 旅行會話 ②

健康

跟醫生的對話

您怎麼了？
어떻게 오셨어요？
Eotteoke Osyeoseoyo

Point 直譯的話，就是「您怎樣來到這裡？」。

因為肚子痛才來的。
배가 아파서 왔습니다.
Baega Apaseo Watseumnida

這個也一起記起來！

請幫我開藥。
약 좀 지어 주세요.
Yak Jom Jieo Juseyo

★請記住약을（藥）＋짓다（調配、開處方）這個表現。

請問有處方籤嗎？
처방전이 있으세요？
Cheobangjeoni Iseuseyo

我感冒了。	감기에 걸렸어요. Gamgie　Geollyeoseoyo ＊流感是독감 [dok-kkam]。	
好像有發燒。	열이 있는 것 같아요. Yeori　Inneun　Geot　Gachiyo	
我喉嚨很痛，所以沒有聲音。	목이 아파서 목소리가 안 나요. Mogi　Apeoseo　Moksoriga　An　Nayo ＊목（喉嚨）＋소리（音），的意思是「聲音」。	
咳嗽太嚴重了。	기침이 너무 심해요. Gichimi　Neomu　Simhaeyo	
我沒有胃口。	입맛이 없어요. Immanni　Eopseoyo ＊입（口）＋맛（味道），意思是「食慾」。	
臉上長出紅色的疹子。	얼굴에 붉은 발진이 생겼어요. Eolgure　Bulgeun　Baljini　Saenggyeoseoyo ＊風濕疹則是두드러기 [du-deu-reo-gi]。	
手被玻璃割到。	유리에 손을 베었어요. Yurie　Soneul　Beeoseoyo ＊유리是「玻璃」，손是「手」。	

第5章 旅行會話②

對生病的人說的話

感冒好了嗎？	감기는 나았어요 ? Gamgineun　Naaseoyo	
請好好照顧身體。	몸조리 잘 하세요. Momjori　Jal　Haseyo	

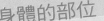

頭	머리 Meori	身體	몸 Mom
臉	얼굴 Eolgul	肩膀	어깨 Eokkae
頭髮	머리카락 Meorikarak	胸部	가슴 Gaseum
額頭	이마 Ima	肚子	배 Bae
眉毛	눈썹 Nunsseop	背	등 Deung
眼睛	눈 Nun	手臂	팔 Pal
耳朵	귀 Gwi	手	손 Son
鼻子	코 Ko	手掌	손바닥 Sonbadak
嘴巴	입 Ip	手指頭	손가락 Songarak
嘴唇	입술 Ipsul	手指甲	손톱 Sontop
牙齒	이 I	腿	다리 Dari
脖子	목 Mok	膝蓋	무릎 Mureup

可以同時背的**單字表** 生病

暈車	멀미 Meolmi
眩暈症	현기증 Hyeongijeung
頭痛	두통 Dutong
腹痛	복통 Boktong
生理痛	생리통 Saengnitong
牙痛	치통 Chitong
內臟	내장 Naejang
心臟	심장 Simjang
肺	폐 Pye
肝臟	간장 Ganjang
胃腸	위장 Wijang
子宮	자궁 Jagung

藥	약 Yak
副作用	부작용 Bujagyong
處方籤	처방전 Cheobangjeon
症狀	증상 Jeungsang
外科	외과 Oegwan
內科	내과 Naegwa
牙科	치과 Chigwa
消化科	소화기과 Sohwagigwa
呼吸科	호흡기과 Hoheupgigwa
小兒科	소아과 Soagwa
急診中心	응급 센터 Eunggeupsenteo
綜合醫院	종합병원 Jonghapbyeongwon

第5章 旅行會話 ②

跟身體有關的慣用語

　　韓語中有許多經常使用慣用語，特別是跟身體部位相關的表達。慣用語不但簡潔有力，而且饒富趣味，只是光看字面無法了解其真正的含意。

　　例如，「口風不緊」可以說입이 가볍다 [i-bi ga-byeop-tta]（嘴巴很輕）；「挑嘴」可以說입이 짧다 [i-bi jjap-tta]（嘴巴很短）。我們來看一個例句，입이 짧아서 많이 못 먹어요 [i-bi jjal-ba-seo ma-ni mot meo-geo-yo]，就是說「因為很挑嘴，所以吃不多」，是不是很有意思呢？一起看看以下幾個跟身體相關的慣用語吧！

洗手

손을 씻다
Soneul　Ssittta

切斷關係，停止做壞事。

腳很寬

발이 넓다
Bari　Neopda

交際廣闊。

耳朵癢

귀가 가렵다
Gwiga　Garyeoptta

感覺到有人在講自已的是非。

耳朵很薄

귀가 얇다
Gwiga　Yaptta

輕易相信別人說的話。

肚子很痛

배가 아프다
Baega　Apeuda

看到別人的幸福，而感到很嫉妒。

第6章

心情／想法
表達

在溝通上最重要的是準確地把感情和想法傳達給對方。在本章中，將學習傳達自己心情和想法的方法，也一併整理了書信和 email 上會使用到的表達，並介紹韓文打字方式。

傳達心情

這裡將介紹傳達有關喜怒哀樂、感謝、道歉等心情給對方的方式。

開心／高興

CD2 46

傳達
開心

Point 直譯的話，就是「祝賀合格」。

恭喜你合格。
합격을 축하합니다.
Hapgyeogeul　Chukhahamnida

謝謝，
我很開心。
감사합니다.
Gamsahamnida
너무 기뻐요.
Neomu　Gippeoyo

這個也一起記起來！

旅行如何呢？
여행은　어땠어요？
Yeohaengeun　Eottaeseoyo

★어땠어요？是어떻다 [Eotteota]（怎樣）的
過去式。因為ㅎ的變化，要去掉收音的ㅎ。

真的很有趣。
정말　재미있었어요.
Jeongmal　Jaemiiseoseoyo

祝您幸福。

행복하세요.
Haengbokhaseyo
＊행복的漢字是「幸福」。

天氣很好，真是太好了。

날씨가 좋아서 다행이네요.
Nalssiga Joaseo Dahaengineyo
＊다행的漢字是「多幸」。

替換 語句 使用下面表達來代替「天氣很好」

我很喜歡 마음에 들어서
Maeume Deureoseo

沒有遲到 안 늦어서
An Neujeoseo

好好解決了 잘 해결되어서
Jal Haegyeoldoeeoseo

沒有受傷 안 다쳐서
An Dachyeoseo

對親近的人

有好事情吧？

좋은 일이 있었지?
Joeun Iri Iseotji
＊좋은 일的發音是 [조은 니리]。

好期待喔！

기대 되네!
Gidae Doene
＊기대的漢字是「期待」，直譯就是「被期待」。

禮貌形表達

表演如何呢？

공연은 어떠셨어요?
Gongyeoneun Eotteosyeoseoyo
＊공연的漢字是「公演」。

請度過愉快的時間。

즐거운 시간을 보내세요.
Jeulgeoun Siganeul Bonaeseyo

生氣

CD2
47

傳達
氣憤

請聽我解釋。

제 이야기 들어
Je Iyagi Deureo
주세요.
Juseyo

Point　제 是저의
[Jeoui]（我的）
的縮寫版。

算了。

이제 됐습니다.
Ije　Dwaetseumnida

Point　되다 [Doeda] 的過去式됐습니
다，有「夠了」、「可以了」、
「沒關係」等多種意思。

這個也一起記起來！

為什麼那樣？生氣了嗎？

왜 그래 ? 화 났어 ?
Wae Geurae　　Hwa Naseo

★這是關係親密的人之間的對話。화（가）（脾
氣）＋나다（發）就是「生氣」的意思。

不要跟我說話。

말 시키지 마.
Mal　Sikiji　　Ma

無法溝通，真悶。	말이 안 통해서 답답해요. Mari An Tonghaeseo Dapdaphaeyo	
太不像話了。	말도 안 됩니다. Maldo An Doemnida	
氣到說不出話來。	기가 막혀서 말도 안 나와요. Giga Makhyeoseo Maldo An Nawayo ＊기가（氣）＋막히다（阻塞），意思是「生氣」。	
還是無法原諒。	도저히 용서할 수 없어요. Dojeohi Yongseohal Su Eopseoyo ＊도저히是漢字「到底」＋히，용서的漢字則是「容恕」。	
那話聽了太多次，已經膩了。	그 말은 너무 많이 들어서 Geu Mareun Neomu Mani Deureoseo 지겨워요. Jigyeowoyo	
到此為止吧。	그만 하세요. Geuman Haseyo ＊그만 하다的意思是「停止」。	
馬上給我滾！	당장 꺼져! Dangjang Kkeojyeo	
不要開玩笑！	장난하지 마! Jangnanhaji Ma	
看到就討厭。	얼굴 보기도 싫어. Eolgul Bogido Sireo	

對親近的人

第6章 心情／想法表達

173

同情
心痛

昨天狗狗死了。
어제 강아지가
Eoje　　Gangajiga
죽었어요.
Jugeoseoyo

Point
강아지的意思
是「小狗」。
「狗」一般都用
개 [Gae] 表示。

天呀，真可憐。
어머, 안됐군요.
Eomeo　Andwaetgunnyo

Point
안되다 [Andoeda] 的意思是「糟
糕」、「不行」，也可以用於表示「可
憐」、「遺憾」。

這個也一起記起來！

你嘆氣了。
한숨만 쉬네요.
Hansumman　Swineyo

其實，我被甩了。
실은 차였어요.
Sireun　Chayeoseoyo

★차였어요是차이다（被踢）的過去式，也用來
表示「被甩」。

記起來後，使用上會很方便的各種表達

考試落榜了，真是太糟糕了。	시험에 떨어졌다니 안됐어요.
	Siheome Tteoreojyeotdani Andwaeseoyo

＊안되다（糟糕），也表示「可憐」、「遺憾」。

 使用下面表達來代替「考試落榜了」

身體不舒服 몸이 아프다니
Momi   Apeudani

兩人分手了 둘이 헤어지다니
Duri   Heeojidani

生意失敗了 사업에 실패했다니
Saeobe   Silpaehaetdani

因為太傷心，所以淚流不止。	너무 슬퍼서 눈물이 멈추지 않습니다.
	Neomu Seulpeoseo Nunmuri Meomchuji Ansseumnida
心好像要被撕裂了。	가슴이 찢어질 것 같아요.
	Gaseumi Jjijeojil Geot Gachiyo
光看就覺得很可惜。	보기에도 안타깝네요.
	Bogiedo Antakkamneyo

＊안타깝네요會產生鼻音變化，發音變成 [안타깜네요]。

對親近的人	鬱悶死了。	우울해 죽겠어.
		Uulhae Jukgeseo
	太失望了！	실망이야!
		Silmangiya
	真的好難受。	정말 괴로워.
		Jeongmal Goerowo

＊실망的漢字是「失望」。

鼓勵

體諒的
一句話

Point　實수的漢字是
「失手」，意
思是「失誤」。

我犯了個大錯。

큰 실수를 했어요.
Keun　Silsureul　Haeseoyo

加油！

힘 내세요.
Him　Naeseyo

Point　힘을（力量）＋내
다（發出），意思
是「加油」。

這個也一起記起來！

因為要做的事情太多。

할일이 너무 많아서.
Hariri　Neomu　Manaseo

★할일（要做的事情），發音是 [할릴]。

我來幫你的忙嗎？

제가 도와드릴까요?
Jega　Dowadeurilkkayo

★這是對長輩或主管等說的敬語。

請努力。	열심히 하세요.
	Yeolsimhi Haseyo
	*열심的漢字是「熱心」。

可以幫到忙就太好了。	도움이 되면 좋겠네요.
	Doumi Doemyeon Jokenneyo
	*좋겠네요會產生鼻音變化，發音是 [조켄네요]。

希望一切順利。	잘 되기를 바래요.
	Jal Doegireul Baraeyo

我會幫你加油。	응원하고 있을게요.
	Eungwonhago Iseulgeyo
	*응원的漢字是「應援」。

請不用在意。	신경 쓰지 마세요.
	Singyeong Sseuji Maseyo
	*這是對長輩或主管等說的敬語。

對親近的人	加油！	힘 내！
		Him Nae
	一切都會變好的！	잘 될 거야！
		Jal Doel Geoya
	我來幫你。	도와 줄게.
		Dowa Julge
	不要在意。	신경 쓰지 마.
		Singyeong Sseuji Ma

· 謝謝／道歉 ·
的一句話

給您添麻煩了。
신세 많이 졌습니다.
Sinse Mani Jyeotseumnida

請再來玩。
또 놀러 오세요.
Tto Nolleo Oseyo

Point 關係親密的人之
間也可以說또 와
[ttowa]（再來喔）。

這個也一起記起來！

真的很抱歉！
정말 죄송합니다.
Jeongmal Joesohamnida

您客氣了，沒關係。
별말씀을요. 괜찮습니다.
Byeolmalsseumeuryo Gwaenchansseumnida

★별말씀 [Byeolmalsseum] 的意思是「客氣的話」。

給您添麻煩了，真的很抱歉。

번거롭게 해서 죄송합니다.
Beongeoropge Haeseo Joesonghamnida

 **替換 語句** 使用下面表達來代替「給您添麻煩了」

打擾您了 **폐를 끼쳐서**
Pyereul Kkichyeoseo

讓您久等了 **기다리게 해서**
Gidarige Haeseo

吵到您了 **시끄럽게 해서**
Sikkeureopge Haeseo

謝謝你對我這麼好。

잘 해줘서 고마워요.
Jal Haejwoseo Gomawoyo
＊直譯就是「好好地待我，謝謝了」。

我錯了。

제가 잘 못 했습니다.
Jega Jal Mot Haetseumnida
＊直譯是「我沒有做很好」。

不好意思來晚了。

늦어서 미안해요.
Neujeoseo Mianhaeyo

對親近的人

謝謝。

고마워.
Gomawo

對不起。

미안해.
Mianhae
＊有時候也會說미안，미안 [Mian Mian]。

原諒我吧。

용서해 줘.
Yongseohae Jwo
＊용서的漢字是「容恕」。

第6章 心情／想法表達

179

表達想法

傳達想法

這裡將介紹明確把自已的想法傳達給對方的表達，也有含糊回答的方法。

贊成 / 反對

CD2 51

表達想法

今天去外面吃，如何？
오늘 외식하는
Oneul　Oesikhaneun
게 어때요？
Ge　　Eottaeyo

Point 외식的漢字是「外食」。

好，就這麼辦吧。
예, 그렇게
Ye　　Geureoke
합시다.
Hapsida

Point 也經常使用它的縮寫版그립시다 [Geureopsida]。

這個也一起記起來！

我在想會議要不要延期。
회의를 연기할까 합니다.
Hoeuireul　Yeongihalkka　Hamnida

★회의是「會議」，연기是「延期」。

我無法贊同那件事。
그건 찬성하지 못 합니다.
Geugeon Chanseonghaji　Mot　Hamnida

★그건是그것은 [Geugeoseun] 的縮寫版。못 합니다的發音是 [모탐니다]。

	我也那麼想。	저도 그렇게 생각합니다. Jeodo Geureoke Saenggakhamnida
	那番話沒錯。	그말이 맞아요. Geumari Majayo ＊그말이（那話）＋맞아요（正確），意思是「說得通」。
	我不那麼認為。	저는 그렇게 생각 안 해요. Jeoneun Geureoke Saenggak An Haeyo
	我的想法有點不同。	저는 생각이 좀 달라요. Jeoneun Saenggagi Jom Darayo
尋求意見	您怎樣想呢？	어떻게 생각하세요？ Eotteoke Saenggakhaseyo ＊這是對長輩或主管等說的敬語。
尋求意見	沒有其他意見嗎？	다른 의견이 없으십니까？ Dareun Uigyeoni Eopseusimnikka
對親近的人	當然了！	당연하지. Dangyeonhaji
對親近的人	很好的想法！	좋은 생각이네. Joeun Saenggagine
對親近的人	那是不可能的。	그럴 리가 없어. Geureol Riga Eopseo

我知道了。	**알겠습니다.** Algetseumnida
我很樂意幫忙。	**기꺼이 하겠습니다.** Gikkeoi Hagetseumnida
請交給我吧。	**저한테 맡겨 주세요.** Jeohante Matgyeo Juseyo
我無法負責任。	**책임을 못 지겠어요.** Chaegimeul Mot Jigeseoyo ＊這是책임을（責任）＋지다（承擔）的否定形式。
有點困難。	**좀 어렵겠습니다.** Jom Eoryeopgetseumnida
這有點困擾。	**좀 곤란한데요.** Jom Gollanhandeyo ＊곤란하다是漢字（困難）＋다，意思是「困擾」。

對親近的人

那樣幫你嗎？	**그렇게 해줄래？** Geureoke Haejullae
下次吧。	**다음에 하자.** Daeume Haja
無法再繼續了。	**더 이상 못해.** Deo Isang Mothae

· 含糊的 回答 ·

到明天為止，做得完嗎？

내일까지 다 할
Naeilkkaji　　Da　Hal
수 있어요?
Su　Iseoyo

Point　다（全部）＋하다（做），意思是「完成」。

我無法給你一個明確的答案。

확실하게 대답을
Hwaksilhage　Daedabeul
못 하겠어요.
Mot　Hageseoyo

Point　못 하겠어요會產生激音變化，發音是[모 타게써요]。

這個也一起記起來！

不一起參加試鏡嗎？

같이 오디션 안 볼래요?
Gachi　Odisyeon　An　Bollaeyo

★오디션（試鏡）＋보다（看），意思是「參加試鏡」。

我想想看。

생각해 볼게요.
Saenggakhae　Bolgeyo

我無法馬上回答。	당장 대답할 수가 없습니다. Dangjang Daedaphal Suga Eopseumnida ＊당장的漢字是「當場」。
我請教一下主管。	상사에게 물어보겠습니다. Sangsaege　Mureobogetseumnida
這不是我能決定的事情。	제가 결정할 일이 아닙니다. Jega Gyeoljeonghal Iri　Animnida ＊결정할 일（決定的事情）連著讀的話，發音是 [결정할 릴]。
果真是那樣嗎？	과연 그럴까요？ Gwayeon Geureolkkayo ＊과연的漢字是「果然」，意思是「到底」、「果然」。
請給我時間思考。	생각할 시간을 주세요. Saenggakhal Siganeul　Juseyo
也有可能是那樣喔。	그럴 수도 있겠네요. Geureol Sudo　Itgeneyo ＊있겠네요產生鼻音變化，發音是 [읻껜네요]。

	也許是那樣。	그럴지도 몰라. Geureoljido　Molla
對親近的人	不會是那樣。	그렇지도 않은데. Geureochido　Aneunde
	實在無法說什麼。	뭐라고 말할 수가 없네. Mworago　Malhal　Suga　Eomne

用文字表達

在書信和 email 中，主要使用格式體敬語。

寫信 / email

很抱歉，這麼晚才跟您連絡。

연락을 늦게 드려서 죄송합니다.
yeollageul neutkke deuryeoseo Joesonghamnida

★直譯的話，就是「跟你連絡晚了，真抱歉」。

感謝您和我連絡。

연락해 주셔서 감사합니다.
Yeollakhae Jusyeoseo Gamsahamnida.

★연락的漢字是「連絡」，發音是 [열락]。

我收到email了。

메일 잘 받았습니다.
Meil Jal Badatseumnida

★直譯的話，就是「email 好好收到了」。

感謝您快速回信。

빠른 회신 감사합니다.
Ppareun Hoesin Gamsahamnida

★회신（回信）的漢字是「回信」。

附件附上資料。	자료를 첨부합니다. Jaryoreul Cheombuhamnida.
何時可以得到答覆？	답변을 언제쯤 받아볼 수 있습니까? Dapbyeoneul Eonjjjeum Badabol Su Itseumnikka
文字出現亂碼。	글자가 깨져서 나옵니다. Geuljaga Kkaejyeoseo Naomnida ＊ 자가（文字）＋깨지다（壞掉），意思是「出現亂碼」。
事後會再跟您連絡。	추후 연락드리겠습니다. Chuhu Yeollakdeurigetseumnida ＊추후的漢字是「追後」，意思是「事後」。
那麼我等待您的聯絡。	그럼 연락을 기다리고 있겠습니다. Geureom Yeollageul Gidarigo Itgetseumnida
因訂單而跟您連絡。	주문건으로 연락드리겠습니다. Jumungeoneuro Yeollakdeurigetseumnida

 **替換 語句** 使用下面表達來代替「因訂單」

因預約 예약건으로
Yeyakgeoneuro

因退貨 반품건으로
Banpumgeoneuro

因購買 구입건으로
Guipgeoneuro

第6章 心情／想法表達

韓語輸入

　　韓語在電腦上的輸入，只要打子音和母音所分配的鍵盤就可以打出韓語，例如要輸入저（我）這個韓語的話，先打子音所在的 「W」鍵，接著再打母音所在的「J」鍵就可以了。

$$\boxed{\text{W} \ ㅈ} \rightarrow \boxed{\text{J} \ ㅓ} = 저$$

子音和母音的按鍵分配

子音的按鍵分配

　　子音就如下面的鍵盤圖，位於鍵盤的左側。基本子音（平音）在上面，激音則位於下面。要打「濃音」時，則只要按住「shift」鍵的同時，再按對應的按鍵即可。

基本子音	對應的按鍵	基本子音	對應的按鍵	激音	對應的按鍵	激音	對應的按鍵
ㄱ	[R]	ㅂ	[Q]	ㅋ	[Z]	ㄲ	[shift] + [R]
ㄴ	[S]	ㅅ	[T]	ㅌ	[X]	ㄸ	[shift] + [E]
ㄷ	[E]	ㅇ	[D]	ㅍ	[V]	ㅃ	[shift] + [Q]
ㄹ	[F]	ㅈ	[W]	ㅊ	[C]	ㅆ	[shift] + [T]
ㅁ	[S]			ㅎ	[G]	ㅉ	[shift] + [W]

母音的按鍵分配

　　母音就如下面的鍵盤圖，位於鍵盤的右側。半母音只要按一個按鍵，按住「shift」鍵的同時也可以打，還可以打出兩個連續基本母音。

基本母音	對應的按鍵	半母音	對應的按鍵	半母音	對應的按鍵
ㅏ	[K]	ㅑ	[I]	ㅚ	[H] → [L]
ㅓ	[J]	ㅕ	[U]	ㅘ	[H] → [K]
ㅗ	[H]	ㅛ	[Y]	ㅙ	[H] → [O]
ㅜ	[N]	ㅠ	[B]	ㅟ	[N] → [L]
ㅡ	[M]	ㅖ	[shift] + [P]	ㅝ	[N] → [J]
ㅣ	[L]	ㅒ	[shift] + [O]	ㅞ	[N] → [P]
ㅔ	[P]			ㅢ	[M] → [L]
ㅐ	[O]				

鍵盤的整體分配

＊在本頁所介紹的是韓國一般使用的鍵盤分配。根據不同輸入系統，子音和母音的分配可能會有所差異。

韓語發音表

基本母音

| ㅏ a | ㅓ ŏ | ㅗ o | ㅜ u | ㅡ ŭ | ㅣ i | ㅔ e | ㅐ e |

基本母音

	ㅏ a	ㅓ ŏ	ㅗ o	ㅜ u	ㅡ ŭ	ㅣ i	ㅔ e	ㅐ e			ㅏ a	ㅓ ŏ	ㅗ o	ㅜ u	ㅡ ŭ	ㅣ i	ㅔ e	ㅐ e	
ㄱ k(g)	가 ka	거 kŏ	고 ko	구 ku	그 kŭ	기 ki	게 ke	개 ke		카 kʰa	커 kʰŏ	코 kʰo	쿠 kʰu	크 kʰŭ	키 kʰi	케 kʰe	캐 kʰe	ㅋ kʰ
ㄴ n	나 na	너 nŏ	노 no	누 nu	느 nŭ	니 ni	네 ne	내 ne		까 kka	꺼 kkŏ	꼬 kko	꾸 kku	끄 kkŭ	끼 kki	께 kke	깨 kke	ㄲ kk
ㄷ t(d)	다 ta	더 tŏ	도 to	두 tu	드 tŭ	디 ti	데 te	대 te		타 tʰa	터 tʰŏ	토 tʰo	투 tʰu	트 tʰŭ	티 tʰi	테 tʰe	태 tʰe	ㅌ tʰ
ㄹ l	라 la	러 lŏ	로 lo	루 lu	르 lŭ	리 li	레 le	래 le		따 tta	떠 ttŏ	또 tto	뚜 ttu	뜨 ttŭ	띠 tti	떼 tte	때 tte	ㄸ tt
ㅁ m	마 ma	머 mŏ	모 mo	무 mu	므 mŭ	미 mi	메 me	매 me		파 pʰa	퍼 pʰŏ	포 pʰo	푸 pʰu	프 pʰŭ	피 pʰi	페 pʰe	패 pʰe	ㅍ pʰ
ㅂ p(b)	바 pa	버 pŏ	보 po	부 pu	브 pŭ	비 pi	베 pe	배 pe		빠 ppa	뻐 ppŏ	뽀 ppo	뿌 ppu	쁘 ppŭ	삐 ppi	뻬 ppe	빼 ppe	ㅃ pp
ㅅ s	사 sa	서 sŏ	소 so	수 su	스 sŭ	시 si	세 se	새 se		싸 ssa	써 ssŏ	쏘 sso	쑤 ssu	쓰 ssŭ	씨 ssi	쎄 sse	쌔 sse	ㅆ ss
ㅇ (ng)	아 a	어 ŏ	오 o	우 u	으 ŭ	이 i	에 e	애 e		차 chʰa	처 chʰŏ	초 chʰo	추 chʰu	츠 chʰŭ	치 chʰi	체 chʰe	채 chʰe	ㅊ chʰ
ㅈ ch(j)	자 cha	저 chŏ	조 cho	주 chu	즈 chŭ	지 chi	제 che	재 che		짜 ccha	쩌 cchŏ	쪼 ccho	쭈 cchu	쯔 cchŭ	찌 cchi	쩨 cche	째 cche	ㅉ cch
	ㅏ a	ㅓ ŏ	ㅗ o	ㅜ u	ㅡ ŭ	ㅣ i	ㅔ e	ㅐ e		하 ha	허 hŏ	호 ho	후 hu	흐 hŭ	히 hi	헤 he	해 he	ㅎ h

基本子音

基本母音

子音

第7章

基礎文法
總整理

基本文法

活用韓語結構

主語	謂語

저 는 대만사람 입니다.

Jeoneun　　　daemansaramimnida

↓　↓　　　↓　　　　　↓

我　助詞　台灣人　　　是

◆韓語的標點符號和中文不太一樣，逗號是「,」，句號是「.」。另外，字節之間必須要有間隔，這叫做「分寫法」。

　　只要記住韓語的基本結構，並且記住助詞的使用方式，就可以任意更換動詞或形容詞，創造出其他的句子。

韓語的詞類

　　韓語的詞類分成以下四種。

●**動詞**（表示動作）

가다 去　　　　먹다 吃　　　　보내다 送
Gada　　　　　Meokda　　　　Bonaeda

●**形容詞**（表示性質和狀態）

크다 大　　　　많다 多　　　　예쁘다 美麗
Keuda　　　　　Manta　　　　Yeppeuda

●**存在詞**（表示存在的「有」和「沒有」）

있다 有　　　　없다 沒有
Itda　　　　　opda

●**指定詞**（位於名詞的後面，特指某種事物）

이다 是
Ida

　　這裡的舉例都是使用字典上的基本型（原型）。基本型不會有特例，全都是以「다」結尾，「다」所接的部分稱為語幹，所有的活用都是從語尾開始。

送

보내 다

語幹　　　語尾

活用的種類

活用的時候，語幹和語尾會怎樣變化，讓我們看看以下的例子。

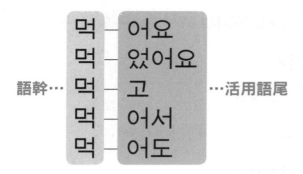

活用的時候，不會變化的那部分稱為「語幹」，會變化的部分稱為活用語尾。

韓語的語尾活用有三種，根據語幹的母音種類、收音的有無來決定詞尾。

① 根據語幹的母音（陽母音或陰母音）來決定

요型（→p194），過去式（→p201）等

② 根據語幹收音的有無來決定

다型（→p196），敬語（→p200），連體型（→p203）等等

③ 和語幹的母音和收音無關，使用同一個活用語尾

否定型（→p202），轉折表達（→p220）等

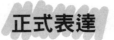

正式表達

口語中常用的句尾表達

禮貌的「요」型

動詞和形容詞的語幹加上아[aya]/어[eoyo]的變化，是口語中最常使用的表達。要加아요或어요，是依動詞或形容詞的語幹母音來決定。

●語幹的母音是陽母音（ㅏ、ㅗ）的時候

●語幹的母音是陰母音（ㅏ、ㅗ以外）的時候

在句尾加上「？」並把語氣上揚，就變成疑問句了。

吃嗎？

不只是動詞和形容詞，存在詞也是以相同的方式活用。

있다（有）
Meogeoyo

있 + 어요 → 있어요 有
Meogeoyo

陰母音
語幹

없다（沒有）
Meogeoyo

없 + 어요 → 없어요 沒有
Meogeoyo

요型在連讀時，母音會合成一體。

ㅏ + 아요→ㅏ요

사다（買）
Sada

사 + 아요

買
→ 사요
Sayo

ㅓ + 어요→ㅓ요

서다（站）
Seoda

서 + 어요

站
→ 서요
Seoyo

ㅗ + 아요→ㅘ요

오다（來）
Oda

오 + 아요

來
→ 와요
Wayo

ㅜ + 어요→ㅝ요

배우다（學習）
Baeuda

배우 + 어요

學習
→ 배워요
Baewoyo

ㅐ + 어요→ㅐ요

보내다（送）
Bonaeda

보내 + 어요

送
→ 보내요
Bonaeyo

ㅣ + 어요→ㅕ요

기다리다（等待）
Gidarida

기다리 + 어요

等待
→ 기다려요
Gidaryeoyo

ㅏ + 여요→ㅐ요

하다（做）
Hada

하 + 여요

做
→ 해요
Haeyo

＊動詞하다(做)雖然是陽母音詞幹，不過要加여，這是特例，하다都是變成해요。

正式格式體

初次見面或會議等正式場合上，會使用最正式的格式體，本書中又稱為다型。如果動詞和形容詞的語幹沒有收音，加上ㅂ니다 [Bnida]；如果有收音，則加上습니다 [Seumnida]。

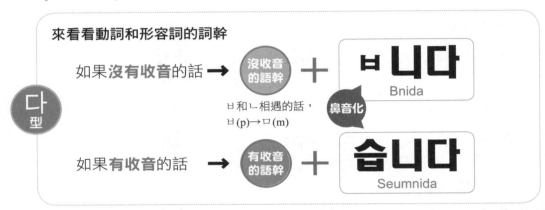

來看看動詞和形容詞的詞幹

다型

如果**沒有收音**的話 ➡ 沒收音的語幹 **＋** **ㅂ니다** Bnida

ㅂ和ㄴ相遇的話，
ㅂ(p)→ㅁ(m) 鼻音化

如果**有收音**的話 ➡ 有收音的語幹 **＋** **습니다** Seumnida

●語幹沒有收音的時候

看　　　　　　　　　　　　　　　　看

動詞 **보다** … 보 ＋ ㅂ니다 → 봅니다
Boda 沒有收音　　　　　　鼻音化 Bomnida

●語幹有收音的時候

接受　　　　　　　　　　　　　　接受

動詞 **받다** … 받 ＋ 습니다 → 받습니다
Batda 有收音　　　　　　　　　Batseumnida

다型的疑問句要把「다」去掉，換成「까 [Kka]？」。

（你）接受嗎？

받습니다 ＋ 까 → 받습니**까**
Kka　　　Batseumnikka

名詞句

　韓語中的名詞句就相當於中文的「是～」，只要在名詞後方加上以下介紹的句尾表現，就可以組成名詞句。

正式表達的名詞句

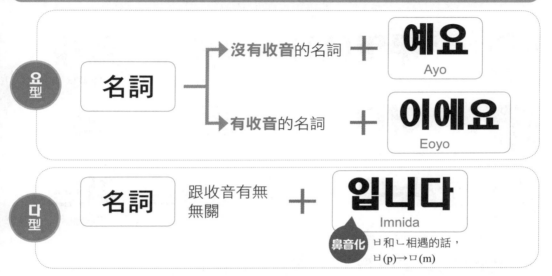

요型

名詞 ─┬─▶ **沒有收音**的名詞 ＋ **예요** Ayo

└─▶ **有收音**的名詞 ＋ **이에요** Eoyo

다型

名詞　跟收音有無無關 ＋ **입니다** Imnida

鼻音化　ㅂ和ㄴ相遇的話，ㅂ(p)→ㅁ(m)

●使用요型的場合

（朋友）沒有收音

친구 ＋ 예요
Chingu

是朋友。

→ 친구**예요**.
Chinguyeyo

（公司職員）有收音

회사원 ＋ 이에요
Hoesawon

是公司職員。連音化 收音ㄴ和母音ㅣ相連

→ 회사원**이에요**.
Hoesawonieyo

●使用다型的場合

（朋友）

친구 ＋ 입니다
Chingu

是朋友。

→ 친구**입니다**.
Chinguimnida

疑問詞

主要疑問詞

只要在有疑問詞的句子後面加上「？」，就可以簡單地向對方提出疑問。

＊在口語中經常
使用縮寫版

什麼 =	무엇(뭐) Mueot (Mwo)	何時 =	언제 Eonje
哪裡 =	어디 Eodi	為什麼 =	왜 Wae
誰 =	누구 Nugu	哪個 =	어느 Eoneu

● 「什麼／哪裡／誰／何時／為什麼」＋「？」

요型的疑問句是在疑問詞後面加上「예요 [yeyo]？」。

（什麼）

是什麼？

무엇的縮寫→ 뭐 ＋ 예요 ？ → 뭐예요 ？

Mwo　沒有收音　＊請注意뭐是沒
有收音的。

Mwoyeyo

● 「哪個」＋「東西」＋「？」

疑問詞「哪個」加在名詞前面。「어느（哪個）＋것 [Geot]（東西）＋이에요 [Ieyo]？」的意思就是「是哪個呢？」

（哪個）　　（東西）

是哪個呢？

어느 ＋ 것 ＋ 이에요 ？ → 어느 것이에요 ？

Eoneu　Geot　有收音

Eoneu　Geonnieyo

連音化　收音ㅅ和母
音ㅣ相連

助詞

主要助詞

韓語的助詞位於名詞的後面。有些助詞要根據前方名詞是否有收音來使用，有些助詞則跟收音的有無無關。

●不受收音有無影響的助詞

和～ （對人）	에게 / 한테 Ege / Hante ＊在口語中經常使用한테
在～ （表場所）	에 E
在～ （表場所）	에서 Eseo
從～ （表場所）	
從～ （表時間）	부터 Buteo
到～為止	까지 Kkaji

●根據收音有無來使用的助詞

	沒有收音的名詞＋	有收音的名詞＋
主格助詞	가 Ga	이 I
（說明、強調）	는 Neun	은 Eun
受格助詞	를 Reul	을 Eul
（手段、方式）	로 Ro	으로 Euro

●根據收音的有無來使用的助詞

學校 沒有收音	公園 有收音
학교**가** Hakgyoga	공원**이** Gongwoni
搭公車 沒有收音	用手 有收音
버스**로** Beoseuro	손**으로** Soneuro

●表示「人」「場所」「時間」的助詞

給朋友　친구**에게**　Chinguege　【人】

在公司　회사**에**　Hoesae　【場所】

在家　집**에서**　Jibeseo　【場所】

從首爾　서울**에서**　Seoureseo　【場所】

到釜山　부산**까지**　Busankkaji　【場所】

從今天開始　오늘**부터**　Oneulbuteo　【時間】

敬語 / 過去式 / 否定式

高頻率使用的敬語

敬語

敬語會根據所接動詞和形容詞是否有收音來決定語尾的活用。

來看看動詞和形容詞的語尾

敬語

如果**沒有收音**的話 → 沒收音的語幹 **＋** **시다** Sida

如果**有收音**的話 → 有收音的語幹 **＋** **으시다** Eusida

● 語尾沒有收音的時候

去　　　　　　　沒有收音　　　　　　去

動詞 **가다** … 가 **＋** 시다 → **가시다**
Gada　　　　　　　　　　　　　　　Gasida

● 語尾有收音的時候

閱讀　　　　　有收音　　　　閱讀　連音化　收音ㄱ和母音一相連

動詞 **읽다** … 읽 **＋** 으시다 → **읽으시다**
Ikda　　　　　　　　　　　　　　Ilgeusida

韓語中，有些字的敬語是完全變成另一個單字。

吃／喝　　　　　　　　　　吃　　　　　在　　　　　在

먹다／마시다 → **드시다**　　**있다** → **계시다**
Meokda/Masida　　　　　　Deusida　　Itda　　　Gyesida

過去式

요型的過去式也是根據語尾的母音來做變化。

來看看動詞和形容詞的語尾

如果是**陽母音**的話 → 陽母音語幹 ＋ **았다**
Atda

如果是**陰母音**的話 → 陰母音語幹 ＋ **었다**
Eotda

過去式

●語尾的母音是陽母音（ㅏ、ㅗ）的話

動詞

玩樂　　　　　陽母音語幹　　　　　玩了

놀다 ⋯ 놀 ＋ 았다 → 놀았다
Nolda　　　　　　　　　　　　Noraseoyo

陽/陰母音都一樣　　玩了

요型 놀았다 ＋ 어요 → 놀았어요
Nolda　　　　　　　Noratda

＊요型的過去式不論語幹母音是什麼，最後都是加上어요。

●語尾的母音是陰母音（ㅏ、ㅗ以外）的話

形容詞

晚　　　　　　陰母音語幹　　　　　晚了

늦다 ⋯ 늦 ＋ 었다 → 늦었다
Neutda　　　　　　　　　　　Neujeotda

陽/陰母音都一樣　　晚了

요型 늦었다 ＋ 어요 → 늦었어요
Neujeoseoyo

否定表現

動詞和形容詞的否定表現有在前面變化和在後面變化兩種，兩種都跟母音的種類、收音無關。

跟動詞和形容詞的語幹母音、收音的有無都無關　　　＊在口語中比較常使用안。

否定表現

加在前面的話　→　**안**　+　原形
　　　　　　　　　An

加在後面的話　→　語幹　+　**지 않다**
　　　　　　　　　　　　　 Ji　 Anta

加在原形前面的時候

形容詞

好　　　　　　　　　　　　　　　　　　不好
좋다 … 안 + 좋다 → 안 좋다
Jota　　　　　　　　　　　　 An　Jota

陽母音語幹

　　　　　　　　　　　　 不好
요型 안 좋다 + 아요 → 안 좋아요
　　　　　　　　　　 Nolda　An Joayo

加在語幹後面的時候

動詞

給　　　　　　　　　　　　　不給　　　　有聲音化　位於母音（ㅜ）的後面，會有濁音
주다 … 주 + 지 않다 → 주지 않다
Juda　　　　　　　　　　　 Juji　 Anta

陽母音語幹

　　　　　　　　　　　　 不給
요型 주지 않다 + 아요 → 주지 않아요
　　　　　　　　　　　 Juji　 Anayo

連體型（冠詞型）的語尾時態表現

就如「很大的房子」的「很大的」，「吃的東西」的「吃的」一樣，這種修飾名詞的用法，在韓語中就是利用語尾變化來表現。韓語語尾變化的過去式、現在式和未來式各有不同用法，活用於各詞性時也有所差異。

動詞的語尾變化

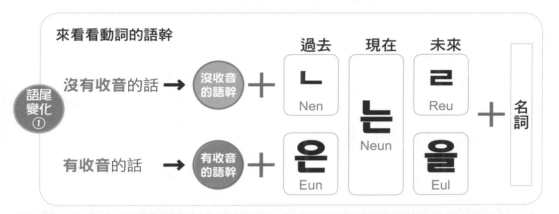

「送」「吃」＋「東西」

加上名詞 （東西）後，來看看動詞的語尾變化。

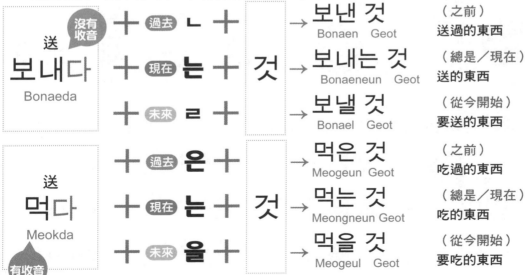

形容詞的語尾變化

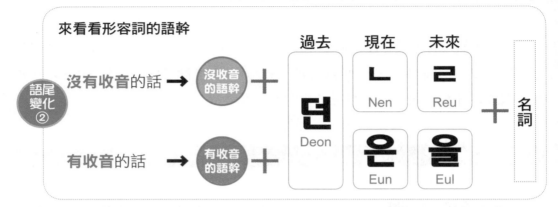

「忙碌」+「一天」

바쁘던 날 Bappeudeon Nal	過去忙碌 的日子
바쁜 날 Bappeun Nal	忙碌的日子
바쁠 날 Bappeul Nal	將來忙碌 的日子

存在詞的語尾變化

「有」+「東西」

있던 것 Itdeon Geot	有了的東西
있는 것 Inneun Geot	有的東西
있을 것 Iseul Geot	會有的東西

不規則變化

基本上，語尾的活用都是有一定規則，不過有些動詞和形容詞不根據規則來做變化，這些特別的詞就稱為不規則變化。下面整理了主要的不規則變化。

看詞幹子音變化的時候

 ㄹ 不規則

詞幹的收音是「ㄹ」的話，「ㄹ」就要脫落。

看詞幹母音變化的時候

 으 不規則

詞幹母音是「一」的話，「一」就要脫落。

 르 不規則

詞幹르的後面接「아/어」的話，就變成「ㄹ라/ㄹ러」。

變化的時候詞尾以母音開始

 ㅂ 不規則

去掉詞幹收音「ㅂ」後，加上「우」。

 ㄷ 不規則

把詞幹收音「ㄷ」的換成「ㄹ」。

 ㅅ 不規則

詞幹收音是「ㅅ」的話，「ㅅ」就要脫落。

 ㅎ 不規則

詞幹收音「ㅎ」後面出現「아/어」的話，就變成「ㅐ」，如果收音「ㅎ」後面出現「으」的話，兩個都要脫落。

ㄹ不規則

變化規則

詞幹的收音是「ㄹ」的話，「ㄹ」就要脫落。

根據詞幹收音的有無變進行（다型、敬語、連體型）的ㄹ變化。
＊根據母音來變化的話，是不會有變化的。

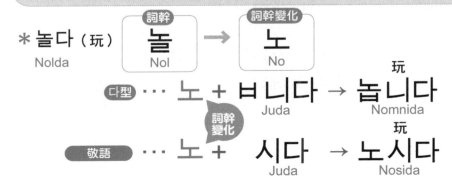

＊놀다（玩）

詞幹		詞幹變化
놀 Nol	→	노 No

다型 … 노 ＋ ㅂ니다 → 놉니다（玩）
　　　　　　　　Juda　　　　Nomnida

（詞幹變化）

敬語 … 노 ＋ 시다 → 노시다（玩）
　　　　　　　Juda　　　Nosida

205

으不規則

變化規則

詞幹母音是「ㅡ」的話,「ㅡ」就要脫落。

透過詞幹母音變化的時候,(요型、過去式)都要使用으不規則。

＊透過收音有無來變化時,不會有變化。

＊바쁘다(忙) **바쁘** Bappeuda **바쁘** Bappeu → **바빠** Bappayo

看前字的母音

忙

요型 … 바빠 + 아요 → 바빠요

變化詞幹

bappayo

르不規則

變化規則

詞幹르的後面接「**아/어**」的話,就變成「**ㄹ라/ㄹ러**」。

透過詞幹母音變化的時候,使用르不規則。

＊透過收音有無來變化時,不會使用不規則。

＊모르다(不知道) **모르** Moreu + 아 → **몰라** Molla

Moreuda

不知道

요型 … 모르 + 아요 → 몰라요

看르前面的母音

Mollayo

不規則

ㅂ不規則

變化規則

去掉詞幹收音「ㅂ」後，加上「우」。

位於詞幹收音ㅂ的後面、以母音開始的詞尾，要使用ㅂ不規則。

＊正式格式體不使用不規則。

＊가볍다（輕）　Gabyeopda

詞幹　가볍　Gabyeop　→　詞幹變化　가벼우　Gabyeou

요型　…　가벼우　＋　어요　→　가벼워요（輕）
詞尾以母音開始　　　　　　　Gabyeowoyo

變化詞幹

敬語　…　가벼우　＋　으시다　→　가벼우시다（輕）
Gabyeousida

ㄷ不規則

變化規則

把詞幹收音「ㄷ」的換成「ㄹ」。

位於詞幹收音ㄷ的後面，以母音開始的詞尾要使用ㄷ不規則。

＊正式格式體不使用不規則。

＊묻다（詢問）　Mutda

詞幹　묻　Mut　→　詞幹變化　물　Mul

요型　…　물　＋　어요　→　물어요（詢問）
詞尾以母音開始　　　Mureoyo

變化詞幹

敬語　…　물　＋　으시다　→　물으시다（詢問）
Mureusida

ㅅ不規則

變化規則

詞幹收音是「ㅅ」的話，「ㅅ」就要脫落。

位於詞幹收音ㅅ的後面、以母音開始的詞尾，要使用ㅅ不規則。

＊正式格式體不使用不規則。

＊낫다（好）
Natda

詞幹 낫 Nat → **詞幹變化** 나 Na

요型 … 나 + 아요 → 나아요（好）
詞尾以母音開始　naayo

變化詞幹

敬語 … 나 + 으시다 → 나으시다（好）
Naeusida

ㅎ不規則

變化規則

詞幹收音「ㅎ」

① 後面出現「아/어」的話，就變成「ㅐ」

② 後面出現「으」的話，兩個都要脫落。

＊正式格式體不使用不規則。

＊이렇다（這樣）
Ireota　Eo

詞幹 이렇 Ireo + 어 → **詞幹變化** 이래 Irae

요型 … 이렇 + 어요 → 이래요（這樣）
Iraeyo

不規則

敬語 … 이렇 + 으시다 → 이러시다（這樣）
Ireosida

應用表現

這裡將介紹基本文法的應用，實際口語會話中會根據不同場合使用不同的句子。

● **連結語尾的應用**…用語尾表達各種狀態。

陽母音語幹＋아，陰母音語幹＋어

● **連體型語尾的應用**…使用「詞尾＋名詞」的型態。

根據詞幹收音的有無來活用。

● **連結語尾和連體型語尾之外的表達**…和語幹母音、收音都無關，表示希望、

意志的表達。

● **連結的表達**…表示「轉折」、「假設」、「原因」等各種連接表達。

連結語尾的應用

★用語尾來表現狀態。

狀態

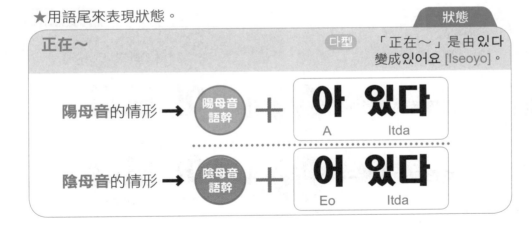

正在～　　　　　　　　　　　　다型　「正在～」是由있다
變成있어요 [Iseoyo]。

陽母音的情形 → 陽母音語幹 ＋ **아 있다**　A　Itda

陰母音的情形 → 陰母音語幹 ＋ **어 있다**　Eo　Itda

● 活用範例

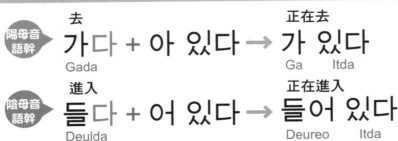

陽母音語幹 ▸ 去　**가다** ＋ **아 있다** → 正在去　**가 있다**
Gada　　　　　　　　　　　　　Ga　Itda

陰母音語幹 ▸ 進入　**들다** ＋ **어 있다** → 正在進入　**들어 있다**
Deulda　　　　　　　　　　　　Deureo　Itda

209

★動詞加上「給～」，就是「請～」的表達。

請～

＊주다變成주세요 [Juseyo] 的話，
就是表示請求的「請～」。

陽母音的情形 → 陽母音語幹 ＋ **아 주다**
A　　Juda

陰母音的情形 → 陰母音語幹 ＋ **어 주다**
Eo　　Juda

● 活用範例

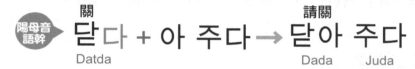

陽母音語幹

關
닫다 ＋ 아 주다 →
Datda

請關
닫아 주다
Dada　　Juda

★動詞加上「看」，就是「試試～」的表達。

試試～

요型 「試試～」就是보다
變成봐요 [Bwayo]。

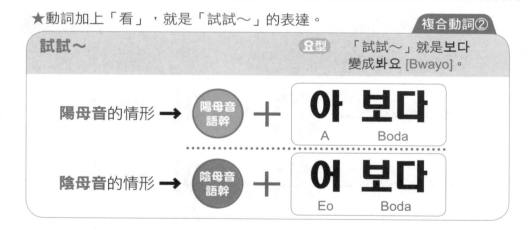

陽母音的情形 → 陽母音語幹 ＋ **아 보다**
A　　Boda

陰母音的情形 → 陰母音語幹 ＋ **어 보다**
Eo　　Boda

● 活用範例

陰母音語幹

喝
마시다 ＋ 어 보다 →
Masida

試喝
마셔 보다
Masyeo　　Boda

★表示原因或理由的表達，也表示先做的動作。

理由

因為～／因～

陽母音的情形 ➡ 陽母音語幹 ＋ **아서**
Aseo

陰母音的情形 ➡ 陰母音語幹 ＋ **어서**
Eoseo

● 活用範例

陰母音語幹

（價錢）貴
비싸다 ＋ 아서 ➡ 비싸서
Bissada　　　　　　　　Bissaseo
因為價錢貴

★經常使用요型的疑問形。

許可

也可以～

요型　「～也可以嗎？」的되
다用돼요 [Dwaeyo]。

陽母音的情形 ➡ 陽母音語幹 ＋ **아도 되다**
Ado　　Doeda

陰母音的情形 ➡ 陰母音語幹 ＋ **어도 되다**
Eodo　　Doeda

第7章 基礎文法總整理

● 活用範例

陰母音語幹

整理
치우다 ＋ 어도 되다 ➡ 치워도 되다
Chiuda　　　　　　　　　　Chiwodo　Doeda
也可以整理

211

★表示形容詞的狀態變化。

變化

變成～　　　　　　　　　　　　**요型**　「變成～」中的지다
用져요 [Jyeoyo]。

陽母音的情形 → 陽母音語幹 ＋ **아 지다**　A　Jida

陰母音的情形 → 陰母音語幹 ＋ **어 지다**　Eo　Jida

● 活用範例

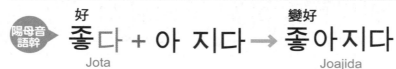

陽母音語幹 → 好 좋다 ＋ 아 지다 → 變好 좋아지다
Jota　　　　　　　　　　Joajida

★表示義務。

義務

一定要～　　　　　　　　　　　**요型**　「一定要～」中的하다
用해요 [Haeyo]。

陽母音的情形 → 陽母音語幹 ＋ **아야 하다**　Aya　Hada

陰母音的情形 → 陰母音語幹 ＋ **어야 하다**　Eoya　Hada

● 活用範例

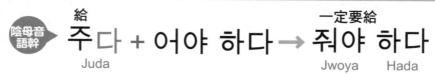

陰母音語幹 → 給 주다 ＋ 어야 하다 → 一定要給 줘야 하다
Juda　　　　　　　　　　Jwoya　Hada

連體型語尾的應用

★使用動詞連體型現在式，법的漢字是「法」。 方法

～的方法

＊動詞連體型現在式跟收音有無無關，都使用는。

跟**收音**的有無無關 → 陽母音語幹 ＋ **는법** Neun Beop

● 活用範例　　　　　　　　　　　　　　　現在連體型

用　　　　　　　　　　　使用的方法
쓰다 ＋ 는 법 → 쓰는 법
Sseuda　　　　　　Sseuneun Beop

★透過「連體型未來式+名詞 （東西）+指定詞」來表現未來式。 未來表現

會～

요型 「會～」中的것이다用거예요 [Geoyeyo] 來使用。

沒有收音的話 → 沒收音的語幹 ＋ **ㄹ 것이다** Reu　　Geonnida

有收音的話 → 有收音的語幹 ＋ **을 것이다** Eul　　Geonnida

● 活用範例　　　　　　　　　　　　　　　未來連體型

沒收音的語幹　來　　　　　　　　　會來
오다 ＋ ㄹ 것이다 → 올 것이다
Oda　　　　　　　　Ol　Geonnida

有收音的語幹　穿　　　　　　　　　會穿
입다 ＋ 을 것이다 → 입을 것이다
Ipda　　　　　　　　Ibeul　Geonnida

★透過「連體型未來式＋名詞（手段）＋存在詞（有）」來表現可能。

可能

| 可以～ | | 요型 | 「可以～」中的있다用있어요 [Iseoyo] 來使用。 |

沒有收音的話 → 沒收音的語幹 ＋ ㄹ 수 있다
Reu　Su　Itda

有收音的話 → 有收音的語幹 ＋ 을 수 있다
Eul　Su　Itda

● 活用範例

未來連體型

沒收音的語幹 → 買
사다 ＋ ㄹ 수 있다 → 可以買
살 수 있다
Sada　　　　　　　　　　　Sal　Su　Itda

★透過「連體型過去式＋名詞（東西）＋助詞＋存在詞（有）」表達經驗。

經驗

| 有過～ | | 요型 | 「有過～」中的있다用있어요 [Iseoyo] 來使用。 |

沒有收音的話 → 沒收音的語幹 ＋ ㄴ 적이 있다
Neu　Jeogi　Itda

有收音的話 → 有收音的語幹 ＋ 은 적이 있다
Eun　Jeogi　Itda

● 活用範例

過去連體型

有收音的語幹 → 相信
믿다 ＋ 은 적이 있다 → 相信過
믿은 적이 있다
Mitda　　　　　　　　　　　Mideun　Jeogi　Itda

★使用語尾變化現在式表示委婉。

不過

動詞

跟**收音**有無
無關 → 語幹 + **는데요**
Neundeyo

形容詞

沒有收音的話 → 沒收音
的語幹 + **ㄴ데요**
Ndeyo

有收音的話 → 有收音
的語幹 + **은데요**
Eundeyo

● 活用範例   未來連體型

來   來了，不過
오다 + 는데요 → 오는데요
Oda   Oneundeyo

★使用連體型未來式可以表示「時候」。   表示特定的時間

〜的時候

沒有收音的話 → 沒收音
的語幹 + **ㄹ 때**
Reu Ttae

有收音的話 → 有收音
的語幹 + **을 때**
Eul Ttae

● 活用範例   未來連體型

沒收音
的語幹 → 바쁘다 + ㄹ 때 → 바쁠 때
Bappeuda   Bappeul Ttae

忙碌   忙的時候

215

連結語尾和連體型語尾之外的表達

★不是表示狀態，而是動作的過程。

正在做～　　　　　　　　　　요型　「正在做～」中的있다用
있어요 [Iseoyo] 來使用。

跟**母音**、**收音**都無關　→　動詞的語幹　+　**고 있다**
　　　　　　　　　　　　　　　　　　　Go　　Itda

●活用範例

放入　　　　　　　　　　　正在放入
넣다 + 고 있다 → 넣고 있다
Neota　　　　　　　　　　Neoko　　Itda

★表示希望、願望。

想～　　　　　　　　　　요型　「想～」中的싶다用싶어
요 [Sipeoyo] 來使用。

跟**母音**、**收音**都無關　→　動詞的語幹　+　**고 싶다**
　　　　　　　　　　　　　　　　　　　Go　　Sipda

●活用範例

吃　　　　　　　　　　　想吃
먹다 + 고 싶다 → 먹고 싶다
Meokda　　　　　　　　　Meokgo　　Sipda

見面　　　　　　　　　　想見面
만나다 + 고 싶다 → 만나고 싶다
Mannada　　　　　　　　Mannago　　Sipda

★表式推測、意志。

我要～

「我要～」中的겠다用겠
어요 [Geseoyo] 使用。

跟**母音**、**收音**都無關 → 全部的語幹 ＋ **겠다**
Getda

● 活用範例

出發
떠나다 + 겠다 → 我要出發
Tteonada   떠나겠다
Tteonagetda

★表示自已的意志「會～」。

我會～

沒有收音的話 → 沒收音的語幹 ＋ **ㄹ게요**
Reugeyo

有收音的話 → 有收音的語幹 ＋ **을게요**
Eulgeyo

● 活用範例

沒收音的語幹 ▸ 等待
기다리다 + ㄹ게요 → （我會）等待
Gidarida   기다릴게요
                      Gidarilgeyo.

有收音的語幹 ▸ 吃
먹다 + 을게요 → （我會）吃
Meokda   먹을게요
                Meogeulgeyo

★表示想得到對方同意的表達。

徵求同意

～吧
*在口語中也經常用縮短成죠 [Jyo]。

跟**母音、收音**都無關 → 全部的語幹 ＋ **지요**
Jiyo

● 活用範例

요型

關閉
닫다 ＋ 지요 →
Datda

關吧
닫지요
Datjiyo

★詢問對方意思的요型疑問表達。

詢問意思

～嗎？

沒有收音的話 → 沒收音的語幹 ＋ **ㄹ까요？**
Reukkayo

有收音的話 → 有收音的語幹 ＋ **을까요？**
Eulkkayo

● 活用範例

요型

沒收音的語幹

去
가다 ＋ ㄹ까요？ →
Gada

去嗎？
갈까요？
Galkkayo

有收音的語幹

閱讀
읽다 ＋ 을까요？ →
Ikda

讀嗎？
읽을까요？
Ilgeulkkayo

★想要一起做什麼的時候，勸誘對方的表達。

勸誘

一起～吧

沒有收音的話 → 沒收音的語幹 ＋ **ㅂ시다**
Beusida

有收音的話 → 有收音的語幹 ＋ **읍시다**
Eupsida

● 活用範例

다型

唱歌
沒收音的語幹 **부르다** ＋ ㅂ시다 → 一起唱歌吧 **부릅시다**
Bureuda　　　　　　　　　　　Bureupsida

★表示有關「啊」的感嘆。

感嘆

～啊！

＊네요的語氣上有較溫柔的感覺。

動詞、形容詞
跟**收音**有無無關 → 語幹 ＋ **네요**
Neyo

動詞
跟**收音**有無無關 → 語幹 ＋ **는군요**
Neungunyo

形容詞
跟**收音**有無無關 → 語幹 ＋ **군요**
Gunyo

第 7 章 基礎文法總整理

● 活用範例

요型

漂亮
예쁘다 ＋ 네요 → 漂亮啊 **예쁘네요**
Yeppeuda　　　　　　Yeppeuneyo

連結的表達

★表示接下去句子會出現不同的內容。

★表示假設的連結「如果～」。

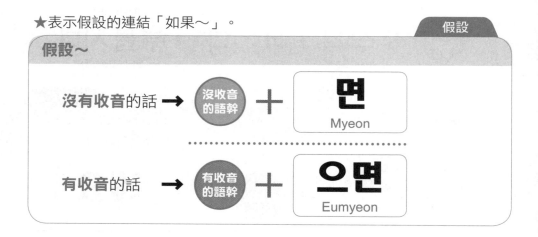

★表示動作的目的。

★強調兩個同時進行的動作的其中之一。

邊～邊～

沒有**收音**的話 → 沒收音
的語幹 + **면서**
Myeonseo

有**收音**的話 → 有收音
的語幹 + **으면서**
Eumyeonseo

★透過語幹收音來活用，表示理由的連接表達。

因為～

沒有**收音**的話 → 沒收音
的語幹 + **니까**
Nikka

有**收音**的話 → 有收音
的語幹 + **으니까**
Euniga

★表示原因或理由的連接表達。

因為～

*기 때문에比起表示理
由，更強烈表示意志。

跟**母音和收
音**都無關 → 全部的
語幹 + **기 때문에**
Gi　　Ttaemune

韓語學習 NO.1，最好

基礎韓語發音學習

20個小時學會韓語40音，
幫助初學者快速進入韓語世界！

1書+MP3・定價／299元

- 韓語音節分解式學習
- 豐富的生動插圖&嘴型圖示演示正確發音
- 相似音解說
- 附道地韓國音mp3光碟逐字發音示範

韓語基礎學習課本

從零開始，一課一課奠定韓文基礎。

1書+MP3・定價／399元

- 拆解式發音規則介紹
- 搭配插畫的實用生活場景
- 常用關鍵句型小卡
- 簡易明瞭的關鍵句型與文法講解

韓語會話輕鬆說

只要會40音，
各種場合都能用韓語輕鬆表達。

1書+MP3・定價／399元

- 日常生活最常使用的50個表達方式
- 旅遊、工作、留學等6個角色扮演
- 搭配插畫的24個韓國生活場景
- 詳細的解析、發音教學&韓國生活資訊

的韓語入門書

輕鬆圖解一看就懂的韓語文法入門書
我的第一本
韓語文法
本書適用完全初學、從零開始的韓語文法學習者！

KOREAN
Beginning to Early Intermediate
Grammar in use!

奠定您的基礎韓語文法

圖解說明，表格整理，一看就懂。

1書+MP3．定價／450元

- 24個實用單元
- 107項韓語文法
- 圖解說明文法概念、表格整理文法規則
- 專門教外國人的韓語老師，為外國人所編寫，
  最易懂、最好用的韓語文法書！

韓語單字看圖就記住

最完整的圖解韓語單字都在這一本！

1書+MP3．定價／399元

- 利用圖解記韓語單字，印象最深刻，一輩子不忘
- 11大類，3500個生活所需單字，學了馬上能
  用，應付各種說韓語的狀況
- 附MP3及羅馬拼音，不用刻意先記熟40音，一
  樣可以說韓語
- 韓文、中文雙索引，查找超方便

輕鬆圖解一看就懂的韓語單字入門書
我的第一本
圖解 **韓語單字**
本書適用完全初學、從零開始的韓語單字學習者！

Heart & Mind 圖核經 著　李珍燕 編授　葉屬真 譯

KOREAN
Photo Vocabulary!

國家圖書館出版品預行編目資料

給初學者的第一堂韓語課 ／石田美智代著
--初版.-- 新北市：國際學村，2014.01
面；　　公分

ISBN 978-986-6077-72-2 (平裝附光碟片)

1.韓語　2.會話

803.288　　　　　　　　　　　102024461

 臺灣廣廈出版集團　Taiwan Mansion Books Group　　 國際學村

給初學者的第一堂韓語課

作者　石田美智代
譯者　Lora Liu
出版者　台灣廣廈出版集團
　　　　國際學村出版
發行人／社長　江媛珍
地址　235新北市中和區中山路二段359巷7號2樓
電話　886-2-2225-5777
傳真　886-2-2225-8052
電子信箱　TaiwanMansion@booknews.com.tw
網址　http://www.booknews.com.tw
總編輯　伍峻宏
執行編輯　陳靖婷
美術編輯　許芳莉
排版／製版／印刷／裝訂　菩薩蠻／東豪／弼聖・紘億／明和
法律顧問　第一國際法律事務所　余淑杏律師
　　　　　北辰著作權事務所　　蕭雄淋律師
代理印務及圖書總經銷　知遠文化事業有限公司
地址　222新北市深坑區北深路三段155巷25號5樓
訂書電話　886-2-2664-8800
訂書傳真　886-2-2664-8801
港澳地區經銷　和平圖書有限公司
地址　香港柴灣嘉業街12號百樂門大廈17樓
電話　852-2804-6687
傳真　852-2804-6409
出版日期　2014年1月
郵撥帳號　18788328
郵撥戶名　台灣廣廈有聲圖書有限公司
　　　（購書300元以內需外加30元郵資，滿300元（含）以上免郵資）